瑞蘭國際

前言

　　語言是人類溝通的重要工具，文化的傳承也可依賴語言得以保存或表達。17 世紀法國的沙龍文化得以在哲學咖啡館裡發揚光大，看不見法國人可是伶牙俐齒，幽默機智往往令人拍掌叫絕。他們的法文單字或慣用語中，包含了豐富的文化訊息，源頭亦其來有自，包括神話傳奇、聖經故事、文學作品、風俗習慣等。

　　本書精選了常用且有趣的單字與慣用語各 60 則，並按字母順序排列，再配上耳目一新、有生命的例句以供學以致用，每個典故和慣用語出處也力求簡明扼要，但一語中的。在慣用語部分，我們還列入相關片語，藉以刺激好學者的好奇心與求知慾，有時聯想學習可達事半功倍之效。

　　追尋字源、詞源有利語言學習者學習和掌握語感，獲知這些法語詞彙的來龍去脈，不但可增加語言學習興趣、學習主動性大增，對其中涵意也能更深一層的了解，再配上適切的例句，方能得心應手地運用之。此外，這些精選必追字詞可令讀者加深本身文化常識及文化底蘊，進而提高自己跨文化溝通的能力，甚至讓法語系國家人士刮目相看。

　　學海無涯，在此我們不用深奧的常識澆熄初學者的熱情，但自詡文青的您必追金句。不知道這些精選典故者就太遜了，便無法和法國人針鋒相對、鬥嘴逗趣了。

作者　阮若缺
於　指南山麓

目 次

作者序 3

Vocabulaire 單字

A
- **Accro** 吸毒成癮的（人）；著了迷的（人） 14
- **Alzheimer** 阿茲海默症 15
- **Amazone** 熱帶女戰士亞馬遜 16
- **Androïde** 機器人；男性樣的，似男子的 17
- **Arobase** 電腦鍵盤上的 @；電子郵件地址中的符號 @ ... 18

B
- **Baba cool** 巴巴酷；嬉皮式的 19
- **Barista** 咖啡師 20
- **Bikini** 比基尼 21
- **Bling-bling** 浮誇的飾物；珠光寶氣的 22
- **Bobo** 波波族（的）（布爾喬亞故作波西米亞浪漫風） ... 23
- **Bonsaï** 盆栽，盆景 24
- **Bio** 綠色的；綠色農業；綠色食品 25
- **Burkini** 布基尼 26

C
- **Cadre** 幹部 27
- **Cancer** 癌症 28
- **Candidat** 候選人 29
- **Césarien** 「凱薩大帝的」或「剖腹產」 30
- **Champagne** 香檳 31
- **Chauvin** 沙文主義的 32
- **Cynique** 犬儒主義的 33
- **Cool** 酷，帥的；冷靜的，沉著的；放鬆的，灑脫的 ... 34
- **Cocooning** （追求舒適、安逸的）繭式生活（方式） ... 35

D
- **Denim** 斜紋粗棉布，牛仔布 ……… 36
- **Doudou** 絨毛玩偶 ……… 37
- **Drone** 無人駕駛飛機 ……… 38

E
- **Émoticone** 表情符號，情感符號 ……… 39
- **Euro** 歐元 ……… 40

G
- **Guillotine** 斷頭台 ……… 41
- **GPS** 全球定位系統；導航 ……… 42

H
- **Horoscope** 十二星座 ……… 43

I
- **Internet** 網際網路 ……… 45
- **Intox** 毒害，腐蝕；引他人犯錯 ……… 46
- **IVG** 墮胎，人工流產 ……… 47

L
- **Look** 行為方式，穿著方式；外觀，外貌 ……… 48

M
- **Mandarin** 朝廷大官，北京話 ……… 49
- **Marathon** 馬拉松 ……… 50
- **Mois** 月份的講究 ……… 51
- **Migrant** 移居的，遷移的；移居者，遷移者 ……… 52

N
- **Nicotine** 尼古丁 ……… 53

O
- **OGM** 基因改造 ……… 54
- **Ovni** 不明飛行物；無法歸類的人或事物，另類，幽浮 ……… 55

P
Prolétariat 「無產階級」或「普羅」 …… 56
Pacs 民事互助契約 …… 57
Paparazzi 狗仔隊 …… 58
People 有關名人隱私；隱私被曝光的名人 …… 59
Portable 可攜帶的；手提的；筆記本電腦；手機 …… 60
Pub 〈俗〉廣告 …… 61

R
Rétro 仿古式；仿古的 …… 62

S
Salaire 薪水 …… 63
Sida 愛滋病 …… 64
SMIC 各行業最低增長工資 …… 65
Spa 美容健身中心 …… 66

T
Tag （塗寫在牆上、地鐵車廂等的）標飾，塗鴉，圖飾 …… 67
Thalasso 海水浴療法，海洋療法 …… 68

U
Utopie 烏托邦、幻想 …… 69

V
Vandalisme 文物破壞 …… 70
Végane 嚴格素食主義者，純素食主義者 …… 71
Verlan 將音節顛倒而構成的俚語，反字語 …… 72

Z
Zapper （用遙控器）頻繁地換電視頻道；做事三心二意，經常改變主意 … 73

Expression 慣用語

A

Achille 阿基里斯 ······ 76
▶ le talon d'Achille 阿基里斯的腳踝；唯一弱點、可乘之隙；致命傷

Adam 亞當 ······ 78
▶ la pomme d'Adam 喉結

Assiette 盤子 ······ 80
▶ ne pas être dans son assiette 低氣壓；心情不佳

Argent 錢 ······ 81
▶ L'argent n'a pas d'odeur. 金錢是沒有香臭的；〈喻〉不管金錢的來源是否正當

B

Baiser 吻 ······ 82
▶ le baiser de Judas 猶大的「死亡之吻」

Bas （女式）長筒襪 ······ 83
▶ le bas bleu 藍色長筒襪；淑女的長襪；女才子、女學究

Belle 美女 ······ 85
▶ la belle et la bête 美女與野獸；美女配拙夫；龍女伴鍾馗

Bois 木頭 ······ 86
▶ toucher du bois 敲木頭以避邪；童言無忌

Boîte 箱子 ······ 87
▶ mettre qn en boîte 扯後腿

Bout 末端 ······ 89
▶ brûler la chandelle par les deux bouts 蠟燭兩頭燒；操勞過度；揮霍錢財

Bile 膽汁 ······ 90
▶ se faire de la bile 憂慮，煩惱，焦急不安

C

Cafard 蟑螂 ······ 91
▶ avoir le cafard 沮喪，情緒低落，鬱卒

Canard 鴨子 ······ 92
▶ canard boiteux 跛腳鴨

Chat 貓 ······ 93
- avoir un chat dans la gorge 喉嚨癢
- appeler un chat un chat 直言不諱、有話直說；打開天窗說亮話

Château 城堡 ······ 95
- Bâtir des châteaux en Espagne 建空中樓閣；作白日夢；定不切實際的計畫

Ciel 天空 ······ 96
- au septième ciel 極為喜悅、欣喜若狂

Coq 公雞 ······ 98
- sauter du coq à l'âne 任意改變主題，東扯西扯

Corde 繩子 ······ 99
- Il tombe des cordes. = Il pleut à verse. 傾盆大雨

Crocodile 鱷魚 ······ 101
- les larmes des crocodiles 鱷魚的眼淚；貓哭耗子假慈悲

Chou 白菜 ······ 102
- ménager la chèvre et le chou 兩邊都不得罪，持騎牆態度

Cornélien 高乃依式的 ······ 103
- un choix cornélien 高乃依式的選擇；令人左右為難的選擇

Cocu 戴綠帽的男子 ······ 104
- avoir une veine de cocu 運氣超乎尋常的好

Coton 棉花 ······ 105
- C'est coton. 〈俗〉這很困難。

Crémaillère 掛鍋鐵鉤 ······ 106
- pendre la crémaillère 設宴慶賀喬遷之喜

Chagrin 悲傷，憂鬱 ······ 107
- Se réduire comme une peau de chagrin 逐漸縮減

Chien 狗 ······ 108
- Un temps de chien 狗天氣；爛天氣

D

Dada 癖好 109
- être son dada 喜好之物；命運；品味

Dent 牙齒 110
- œil pour œil, dent pour dent 以眼還眼；以牙還牙；一報還一報

Déluge 洪水 112
- Après nous le déluge! 身後之事與我們不相干！

Doigt 手指 113
- Mon petit doigt me l'a dit. 我的小指告訴我。

E

Epée 劍 114
- L'épée de Damoclès 達摩克利斯之劍；危在旦夕；隨時可能發生的危險

Eponge 海綿 115
- Jeter l'éponge 承認失敗；認輸；死心

F

Filer 溜走 116
- Filer à l'anglaise 英式開溜；不告而別；不假外出

Fontaine 泉水 117
- Il ne faut pas dire : Fontaine, je ne boirai pas de ton eau. 不要把話說絕。

G

Grève 砂石；沙灘；粗沙 118
- se mettre en grève 罷工

Grue 鶴 119
- faire le pied de grue 站著久等

Gauche 左邊的 120
- mettre/ avoir de l'argent à gauche 積蓄錢財

H

Huis 門 121
- à huis clos 閉門；禁止旁聽，限當事人在場；小範圍地；祕密地，偷偷地

J

Jupiter 朱比特；木星 ················· 122
▶ se croire sorti de la cuisse de Jupiter 自命不凡，自以為是

L

Liste 名單 ································· 123
▶ la liste noire 黑名單

M

Main 手 ···································· 124
▶ se laver les mains 洗手不幹；對⋯⋯不負責任

Maison 房屋 ······························ 125
▶ la maison close 綠燈戶，妓院，窯子

Mouton 綿羊 ····························· 126
▶ les moutons de Panurge 巴汝奇的羊群們；盲從者
▶ revenons à nos moutons 言歸正傳

Marron 栗子 ······························ 128
▶ Tirer les marrons du feu 火中取栗；為了他人的利益而冒險

N

Normand 諾曼第 ························ 129
▶ une réponse de Normand 模稜兩可的回答

O

Œdipe 伊底帕斯 ························· 130
▶ le complexe d'Œdipe 伊底帕斯情結——戀母情結

Oignon 洋蔥 ······························ 133
▶ Occupe-toi de tes oignons. 別多管閒事。

Ours 熊 ···································· 134
▶ vendre la peau de l'ours avant de l'avoir tué. 殺死熊之前先賣掉牠的皮；打如意算盤，過早地樂觀

Oreille 耳朵 ································ 135
▶ Ventre affamé n'a pas d'oreilles. 餓漢不聽勸，飢寒起盜心。

P

Pandora 潘朵拉 ·· 136
▶ la boîte de Pandora 潘朵拉的盒子；充滿潛在的問題

Pied 腳 ·· 137
▶ se lever du pied gauche 心情不佳；諸事不順
▶ casser les pieds à quelqu'un 惹人厭，找人麻煩，砸某人腳

Pot 罐子 ·· 139
▶ tourner autour du pot 拐彎抹角；旁敲側擊

Poule 雞 ·· 140
▶ tuer la poule aux œufs d'or 殺雞取卵；竭澤而漁

Prunelle 黑刺李 ·· 141
▶ la prunelle de ses yeux 眼中的李子；掌上明珠；鍾愛之物

Prune 李子 ·· 143
▶ pour des prunes 〈俗〉為了一點小事；白白地，無益地

Pianiste 鋼琴師 ·· 144
▶ Ne tirez pas sur le pianiste! 不要拉扯鋼琴師；〈俗，謔〉別為難好人了。

S

Sang 血液 ··· 145
▶ le sang bleu 藍血；貴族血統；世家豪門之後

T

Trente et un 三十一 ··· 147
▶ se mettre sur son trente et un 盛裝；打扮得體面，著華服

Thé 茶 ··· 148
▶ Ce n'est pas ma tasse de thé. 〈俗〉這不是我的菜。這跟我格格不入。

V

Vénus 維納斯 ··· 149
▶ Sacrifier à Vénus 做愛

Violon 小提琴 ··· 150
▶ un violon d'Ingres 安格爾的小提琴；業餘愛好

Memo

VOCABULAIRE
單字

Vocabulaire / 單字

Accro
吸毒成癮的（人）；著了迷的（人）

　　「Accro」跟「addict」這兩個縮略詞在表示兩種相似的病症時形成了競爭之勢，前者意為「吸毒成癮的（人）；著了迷的（人）」，後者意為「吸毒成癮的（人）；沈迷於某項活動的（人）」。「accro」一詞誕生於 20 世紀 80 年代，是自 19 世紀以來出現眾多以「-o」結尾的法語常用詞之一。令人匪夷所思的是，「accro」的原形，源自名詞「croc」（鉤子）家族的形容詞「accroché」，較少用作引申義，而縮略形式的「accro」先是用在與毒品相關的語境下，隨後便用來描述「強烈的情感」，尤其是音樂方面的熱情。1999 年，一首說唱歌曲在法國問世，其歌詞中就出現了「accro du micro」（麥克風迷）這一短語，表達了青少年對於新近出現的、通常是舶來的音響表達方式的狂熱喜愛之情。

　　至於「addict」在法語中並無與之相應的詞。「addicere」由介詞「ad」和動詞「dicere」（說出，述說；辯護，申辯）構成，「dicere」直接或間接地派生出「dire」（說，講；告訴，講述）、「redire」（再說，重述，反覆講）、「prédire」（預言，預告）、「maudire」（詛咒，咒罵；責罵）、「interdire」（禁止；制止；阻止）等法語動詞。

- **Mélanie est une accro du shopping, elle possède au moins 10 sacs de Chanel.**
   梅拉妮是個購物狂，她至少有 10 個香奈兒包。

Alzheimer
阿茲海默症

20 世紀初，德國醫生阿洛伊斯・阿茲海默（Alois Alzheimer）對老年癡呆症進行了描述，後來人們便用他的姓氏來命名這種病。他在一位名叫奧古斯特・德特爾（Auguste Deter）的女患者身上發現了這種病症並對其進行了長期的診療，直到她去世。阿茲海默病（maladie d'Alzheimer）是一種神經系統漸進性衰退疾病，一旦患上這種病，神經元就會慢慢地退化。該病的症狀是短期記憶喪失，認知能力退化，逐漸變得呆傻，以致生活完全不能自理。

- **Jules oublie facilement des choses, il a sans doute l'Alzheimer.**
  朱爾很健忘，八成得了阿茲海默症。

Vocabulaire / 單字

Amazone
熱帶女戰士亞馬遜

在希臘神話裏，記載著一個非常好戰的女性部族。她們擅長騎射，為了不妨礙拉弓，全部將右邊乳房割掉。為了延續後人，她們定期從別處借來男人受孕；生下的男嬰，或殺掉，或當奴隸，女嬰就訓練成戰士。這是個全民皆兵的部落。

哥倫布打通了往新大陸的航道之後，大批歐洲人到南美尋找黃金國。16世紀初，西班牙人法蘭西斯柯・德・奧雷亞納（Francisco de Orellana）率領一隊人馬沿著一條大河向下游前進，突然被一隊土著女兵襲擊，倉皇逃遁。

黃金美夢破滅之後，法蘭西斯柯一行人想起了希臘神話的亞馬遜族女戰士，便把這河流命名為「Amazone」，這就是鼎鼎大名的亞馬遜河。

● **L'Amazone est un fleuve en Amérique du Sud, une grande entreprise aux Etats-Unis a pris son nom.**

亞馬遜河是位於南美洲的一條河，有一家美國大企業以它為名。

Androïde
機器人；男性樣的，似男子的

　　「Androïde」一詞誕生於法國古典主義時代，最初指的是能夠模仿人類動作的自動木偶。後來，該詞被借入英語。在英國科幻電影的影響下，名詞「androïde」的意義也發生了變化。自《星際大戰》（Star Wars）系列電影上映後，機器人的形象更是風靡全球。後來，在語言經濟原則的支配下，人們將「androïde」的詞首音節省略，造出了「droïde」一詞。這兩個詞均指稱按照人類形象製造出來的機器人。

- **On a fabriqué 36 sortes d'androïde dans cette entreprise.**
  這個企業製造了多種機器人。

Vocabulaire / 單字

Arobase
電腦鍵盤上的 @；電子郵件地址中的符號 @

隨者中古時期的手稿重見天日，人們發現僧侶率先使用了「@」這一符號。有學者認為，圍繞著小寫字母「a」的圓環即字母「d」，整個符號就是拉丁語介詞「ad」（往，到；在旁邊；靠近，臨近）的縮寫形式。

還有學者認為「arobase」一詞源自西班牙語詞「arrobas」，而後者又源自阿拉伯語詞「ar-roub」（四分之一），指稱過去的一種容量和重量單位（約合 12 千克）。自 16 世紀起，西班牙和葡萄牙就已使用符號「@」來表示這種度量單位。然而，這一說法並不可靠，因為「arobase」包含一個「r」，而「arrobas」卻包含兩個「r」。

關於名詞「arobase」的起源，還存在另外一種解釋，那就是該詞系「a rond bas」這一印刷術語的縮寫。其中「bas」即「bas de casse」，意為「排放在字盤下盤裏的所有小寫字母」。

1971 年，美國工程師雷・湯姆林森（Raymond Samuel Tomlinson）重新發掘出符號「@」。他在參與建設網際網路的前身阿帕網（Arpanet：Advanced Research Projects Agency Network；高等研究計畫署網路）期間，開創性地使用這一符號來分隔用戶名和伺服器名。如今，這個通常會令人聯想到蝸牛或滑鼠（la souris）的符號已變得家喻戶曉。

- **Où se trouve l'arobase ? Je ne le vois pas.**
  電腦 @ 在哪兒？我找不到。

Baba cool
巴巴酷；嬉皮式的

「Baba cool」看起來很像英語詞，實際上卻是個法語詞。它與真正的英語詞「beatnik」（垮掉的一代；另類的人，反傳統的人）和「hippie」（嬉皮士）展開了競爭，因為這三個普通名詞均反映了 20 世紀 6、70 年代西方社會的一種現實狀況。更確切地說，這三個詞所指稱的是生活在消費社會邊緣、拋棄資產階級規範、更信奉非暴力、採取流浪和公社生活方式的人。

1975 年前後，「baba cool」首次出現在法語中。當時，嬉皮式運動的鼎盛期已過。「Baba」一詞源自「花之力」（Flower power，美國反文化的口號）的擁護者夢想去往的地方——印度：在印地語中，「baba」意為「爸爸，老爹」，相當於法語中的暱稱「papa」。

「Baba cool」通常用來形容那些不遵循主流生活規範而生活的人，外人看待他們的目光雖帶有一些優越感，但也不乏戲謔和友愛之情。

- **Ce couple mène une vie de baba cool au fin fond de la montagne.**
  這對夫婦在深山裏過著嬉皮式的生活。

Vocabulaire / 單字

Barista
咖啡師

　　源自義大利語的「barista」一詞進入法語，被用來指稱具有專業技能、擅長製作濃縮咖啡（expresso）和卡布奇諾（cappuccino）的咖啡師。該詞的詞根為「bar」，後者在英語中意為「酒吧；售酒櫃檯」。在義大利，飲用高品質的咖啡是一個備受重視的傳統，因此咖啡師精於選擇、烘焙咖啡豆和製作咖啡。順便一提，臺灣西雅圖咖啡館的外文名字就叫做「Barista」！

- **Ils aiment rendre visite à ce café parce que le barista est un vrai professionnel.**
　他們喜歡造訪這家咖啡館，因為那兒的咖啡師很專業。

Bikini
比基尼

「Bikini」本來是一個環礁的名字，位於太平洋馬紹爾群島（Marshall Islands）。第二次世界大戰後，1946 至 1958 年間，是美國的原子彈試爆場地，「比基尼」會成為比基尼泳衣一詞是 1946 年由比基尼的發明者巴黎工程師路易‧雷亞爾（Louis Réard）創造，他以實驗過原子彈的比基尼環礁命名此件女性泳衣，藉此來創造爆炸性的吸引力和話題，因此取名「比基尼」泳衣。

- **Il est sous le charme de Chantal qui porte un bikini très sexy.**

  他被穿性感比基尼的香塔迷倒了。

Vocabulaire / 單字

Bling-bling
浮誇的飾物；珠光寶氣的

在美式英語中，「bling bling」這個擬聲詞通常會令人聯想到美國加州（California, United States）說唱歌手所配戴的閃閃發光、叮噹作響的時尚飾品。從 21 世紀初開始，「bling-bling」就作為形容詞和名詞在法語中使用，被用來描述一切華而不實、炫耀賣弄的人或物。法國人經常用這個詞來形容曾於 2007 年當選的法國總統尼古拉・薩科齊（Nicolas Sarkozy）。此人放肆妄為，以炫示奢華為榮，其所戴的勞力士手錶就是個明證。

- **Regarde, il porte toujours des bagues bling-bling à la main.**
  瞧，他老是滿手穿戴珠光寶氣的戒指。

Bobo
波波族（的）（布爾喬亞故作波西米亞浪漫風）

　　「Bobo」這個英語介詞由「bourgeois」（布爾喬亞；有產者，資產階級；中產階級）和「bohémien」（波希米亞風格的，不拘於傳統的，放蕩不羈的；行為舉止不拘泥成規者）這兩個詞拼合而成。該詞的拼合方式比較獨特，因為布魯克斯（David Brooks）不是按照音節，而是按照書寫字母來擷取相關成份的：他從「bourgeois」上擷取了「bo」，而非「bou」或「bour」。當然，從「bohémien」上擷取「bo」是符合常規的。值得一提的是，英語中的「bourgeois」一詞是於 16 世紀從法語中借走的，由詞根「bourg」（鎮，鄉鎮，市鎮）和後綴「-ois」（……地方的；……地方的人）結合構成。

- **C'est marrant, sa mère comporte comme une bobo.**
  真好玩，他媽媽打扮得像波波族。

Vocabulaire / 單字

Bonsaï
盆栽，盆景

20 世紀 80 年代，法國的鮮花店櫥窗裏開始擺上一些栽種在盆裏、形狀奇特的小樹。這就是盆栽。在日語中，指稱「盆栽，盆景」的「鉢植え」（hachiue）一詞的字面又意為「種在盆裏的」。盆景源於中國，可追溯至漢代。製作盆景的關鍵是要使小樹的根萎縮，將其莖枝捆扎起來，從而阻止其長大。自從一些和尚於公元 6 世紀前後將盆景引入日本後，它就成為統治階級專享的藝術形式，同時也符合與自然和諧相處的神道原則。

1878 年，各式盆景在巴黎舉辦的世博會出現，這是其首次在歐洲亮相。一個世紀後，盆栽在法語區流行開來，喜歡標新立異的人們紛紛選擇小盆栽作為禮物送給親朋好友。

盆栽的流行和「bonsaï」一詞的借用反映了日本文化的美麗和影響力。從 19 世紀末的日本木版畫到 21 世紀初的插花藝術和摺紙藝術，日本傳統文化已然成了精緻和新奇的代名詞。

- **Tiens, le bonsaï est très en vogue, surtout on a un petit appartement.**
  唔，小盆栽很流行，尤其我們的公寓很小。

Bio
綠色的；綠色農業；綠色食品

　　前綴「bio-」源自希臘語，意為「生命」，常常用來指稱一些與人類面對環境所擔負的責任有關的概念。

　　「Bio」由「biologie」（生物學）的派生詞「biologique」（生物學的；生物的）節略而來，而「biologie」則由前綴「bio-」跟後綴「-logie」（……學）構成。「Biologie」一詞其所指稱的概念誕生於 1802 年，其創造者是率先提出進化論的法國博物學家拉馬克（Lamarck）。

- **Les Martins vont au marché bio presque tous les samedis.**
  馬丁家幾乎每週六都去綠色市集。

Vocabulaire / 單字

Burkini
布基尼

　　陰性名詞「burka」（也寫作「burqa」）。該字早在 19 世紀就已為法國人所知，指的是穆斯林婦女所穿的蒙住全身、只露出眼睛的長袍。2006 年前後，「burkini」這一新字在澳大利亞誕生。據說該詞及其所指稱的服裝是由一位黎巴嫩裔的澳大利亞女士所發明的詞彙。「Burkini」一詞由名詞「burka」的第一個音節「bur」和名詞「bikini」（比基尼泳裝，三點式泳裝）的後兩個音節「kini」拼合而成。最初，「Bikini」是法國時裝設計師路易・雷亞爾（Louis Réard）於 1946 年註冊的商標名，那是太平洋一環礁的名字，因為當時正值二戰結束，這種性感泳衣如驚爆原子彈，太神奇了。

- **Voyons, il n'est pas pratique du tout de nager avec le burkini.**

　　唉，穿布基尼游泳一點也不方便。

Cadre
幹部

在中國，人們互稱「同志」，而對政府官員，則稱「幹部」。在法文裏，「幹部」是「cadre」，「同志」是「camarade」，很多人都以為這兩個名詞是現代共產主義運動的產物，其實，它們已經有很長的歷史了。

「cadre」源於拉丁文「quadrum」。該詞意思與英文的「square」相同，是一個四方形。

原來古羅馬人打仗，以四名士兵為基本骨幹，排成四方陣，是為「quadrum」。如有需要，可增加士兵數目，方陣相應擴大。「Cadre」可說是基本軍事單位的最菁英分子。

到了現代，「cadre」多是指受信任、受重用的骨幹。目前中國社會的政治結構，仍有濃厚的革命時代特色，把幹部譯作「cadre」。

拉丁文「camera」，原來解釋作「房間」，是「caméra」（攝影機）和「camarade」（同志）兩字的共同源頭。房間與同志有什麼關係呢？

在一般情況下，只有志趣相投，思想接近的人，才會同住一室。英文的「comrade」，又是從法文和拉丁文進一步演變成的，泛指政黨或工會裏的志同道合的人。

● **Ce n'est pas si facile d'être cadre dans cette société internationale.**
想在這家國際公司擔任中高階主管不容易。

Vocabulaire / 單字

Cancer
癌症

「Cancer」（癌症）一字借用自拉丁文，原來的意思是「蟹」。

蟹的特點是橫行無忌。1976 年，中國的「四人幫」倒臺後，北京市民紛紛煮酒烹蟹（用三雄一雌，代表張春橋、姚文元、王洪文以及江青），象徵他們胡作非為、指鹿為馬的日子壽終正寢了。

天文學上，黃道十二宮有十二個星座，其中之一就是「Cancer」（巨蟹座）。這對於喜歡星座的朋友來說，是毫不陌生的。

每年，太陽向北移到最高點時（即到達北回歸線上空），就會開始向南移，這就是巨蟹座出現的時候（6 月 21 日至 7 月 23 日）；它之所以叫「Cancer」，一則因為星象圖形，二則因為太陽南移是橫行的，活像蟹移動的模樣。

令人聞之色變的癌症，也稱為「cancer」，是因為癌細胞向身體各處擴散，迅速生長，侵蝕健康的細胞、組織及器官，也好像蟹在四處橫行，難以控制。到哪一天能把這「蟹」征服，人類就可以鬆口氣了。

● Le cancer est une maladie qui fait peur à tout le monde.
癌症是令所有人害怕的疾病。

Candidat
候選人

民主選舉產生於二千多年前的希臘和羅馬。今天某些與選舉有關的辭彙，仍可溯源至古希臘和羅馬的時代。

「Candidat」（候選人）原來的意思是「穿白衣的人」。原來古羅馬人競選公職時，多穿白色的肥大的袍子，四處遊說民眾支援。白色代表「忠誠」、「謙遜」，至於穿寬闊的大袍，是要讓大家看見他裸露在外、為國打仗所留下的傷疤。

到了今天，議會候選人、職位申請者和參加考試的學生，法文都稱為「candidat」，他們雖然再不必穿上白衣了，但應該記取「candidat」一字所代表忠誠與謙遜的深意。

- **La liste des candidats sera affichée dans une semaine.**
  候選人名單一週後會公佈。

Vocabulaire / 單字

Césarien
「凱薩大帝的」或「剖腹產」

婦人懷胎十月，因為種種原因不能順產的，就要由醫生剖腹開肚，把小寶寶取出來。這種手術，英文叫做「凱撒手術」（Caesarian operation）。

「剖腹產」這個字，居然是從古羅馬大將「Caius Julius Caesar」（凱撒）的名字取來的。奇怪嗎？婦人產子跟古羅馬統帥有何關係？

凱撒長大後，出任羅馬執政官，又率軍征服大半個歐洲，並建立了一支忠於他個人的強大軍隊。之後，凱撒用武力清除了國內的政敵，成為「獨裁者」，又四出遠征，建立了龐大的羅馬帝國。

凱撒在世界歷史上地位顯赫，「Caesar」一字等同於「擁有絕對權力的統治者」。從凱撒發展而來的「凱撒主義」（Caesarism）意思是「絕對獨裁主義」。

凱撒死後，羅馬各皇帝都以「Caesar」為自己的榮譽稱號，而後世德、奧皇帝帝號「Kaiser」，俄國沙皇稱為「Czar」或「Tsar」，都是源於這個字。順便一提，有間知名法國麵包店就叫做「Kaiser」。

● **Hélas, l'anarchie engendre des Césars.**
可惜！無政府狀態導致專制者的出現。

Champagne
香檳

香檳與白蘭地：

　　法國巴黎盆地的農業省份「Champagne」（香檳區），有漫山遍野的葡萄園，盛產一種晶瑩透亮的白酒，取產地之名為「Champagne」，就是鼎鼎大名的「香檳」。

　　以前聖羅蘭（Yves Saint Laurent）一款香水取名「Champagne」，還為此打官司敗訴，此同名香水侵犯商標權因而下架。

　　「Cognac」（干邑區）是法國西部的一個小城，人口只有數萬。這個地區出產的白蘭地酒，被譽為是最好的，能自成一格，稱為「cognac」，其他地區的產品，亦不能盜用此名。

- **On aime bien sabler le champagne pendant la fête.**
  人們喜歡在慶典時喝香檳。

Vocabulaire / 單字

Chauvin
沙文主義的

　　這種極端自我中心、目空一切的「老子天下第一」的思想源於拿破崙（Napoléon Bonaparte）手下的一個小兵，名叫沙文（Nicolas Chauvin）。對於沙文來說，法國最好，拿破崙最正確，其他民族，應該接受法國人統治，否則就武力征服。一句話：沙文比拿破崙更像拿破崙。

● **Ne sois pas chauvin, notre foot n'est pas le meilleur du monde.**
別那麼沙文主義，我們的足球不是全世界最棒的。

Cynique
犬儒主義的

古希臘大哲學家蘇格拉底（Socrates, 469-399 B.C.）有一個名叫安提西尼（Antisthenes）的弟子，他自立了一個新的哲學流派，認為人本性自私，一切行為，無不從利己出發。因此，他憤世嫉俗，不相信他人有誠意，經常以冷嘲熱諷的態度去對待一切。這種主張，被稱為「犬儒主義」（Cynicisme）。犬儒者，儒犬也，「狗」一般的哲學家也。為什麼有這樣怪的名稱呢？

原來安提西尼學說的追隨者，視財富奢華為大敵，為了表示自己不流於世俗，輕視物質生活的品行，他們特意不修邊幅，衣衫襤褸，粗茶淡飯，居無定所，過著「狗一般的生活」，時人譏之為「狗」。英文「cynic」一字本是希臘文「狗」的意思。

現代法語說某人「cynique」，就是指他採取犬儒主義者的態度，即對人對事採取嘲笑、懷疑、埋怨、不信任的不合作態度。

● **Je n'apprécie pas du tout son attitude cynique.**
我一點也不喜歡他厚顏無恥的態度。

Vocabulaire / 單字

Cool
酷，帥的；冷靜的，沉著的；放鬆的，灑脫的

「Cool」是英語中使用頻率很高的一個形容詞，它在長達一千多年的時間裏僅具有「涼的；不冷不熱的」之意。1970 年前後，這個詞成為法語中頗為常用的詞。「Cool」最初用來形容較低的溫度，與形容詞「cold」（寒冷的；冷的；已涼的；冷卻的）屬於同一家族，後在法文中被用來形容精神上的從容和放鬆。

- **Ne vous inquiétez pas, le patron est très cool.**
  別緊張，老闆很酷。

Cocooning
（追求舒適、安逸的）繭式生活（方式）

當天氣寒冷、天空陰沉時，當生活令人窒息時，當我們不想外出、渴望待在舒適的家中時，繭式生活或許是個不錯的選擇。指稱「繭式生活（方式）」的「cocooning」一字首次於 1987 年出現在書面法語中。這個名詞是語言交往的結果，因為它派生自英語詞「cocoon」（繭，蠶繭），而後者又對應著與之同義的法語詞「coco」。「Cocon」源自普羅旺斯（Provence）方言中的「coucoun」一詞，「coucoun」既可以指稱「蛋殼」，也可以指稱「繭」。

「Cocooner」是個地地道道的法語動詞，它源自「cocooning」，意為「待在家裏過舒適安逸的生活」。顯然，幼蟲所結的繭喻指舒適的、具有保護作用的安樂窩。在「cocon familial」這個短語中，我們也能發現這一喻義。早在 20 世紀 80 年代，美國一些社會學家就認為繭式生活是一種心理社會現象。

市場營銷專家也機不可失地使用「cocooning」及其派生詞，使之成為一個適用於室內裝飾、裝修、時裝、美容等領域的概念。

我們不能把繭居族視為「喜歡呆在家裏過懶散生活的人」（pantouflard）。週末躲在溫暖的被窩裏看書、滑手機或手捧一杯熱咖啡、懶洋洋地半躺在沙發上看電視往往營造出一種安逸幸福的氛圍，體現了一種生活的藝術，從中全然看不出任何消極頹廢的因素。

魁北克人對某些英語詞頗為排斥，他們往往用「coconnage」或「cocounage」來替代「cocooning」。

- **Le week-end, il préfère cocooning à la maison au lieu de rendre visite à ses parents.**
  他週末寧可繭居在家而不去看他父母。

Vocabulaire / 單字

Denim
斜紋粗棉布,牛仔布

　　「Denim」一詞於 1973 年前進入法語。雖然該詞借自美式英語,但其根源卻在法國,因為「denim」即「de Nîmes」（來自尼姆的）。據說在 19 世紀 50 年代,奧斯卡・李維・斯特勞斯（Oscar Lévy Strauss）把牛仔布從法國南部小城尼姆帶至美國,用它作面料來縫製牛仔褲。布料結實的牛仔褲最初是供礦工和淘金工人穿的。

- **Le Denim est un tissu très solide, j'aime particulièrement le denim bleu.**
  牛仔布很結實,我特別喜歡藍色的布料。

Doudou
絨毛玩偶

「Doudou」是經兒童反覆單音節詞「doux」（柔軟的）而形成的一個詞，與「joujou」（玩；玩具）、「nounou」（奶媽）等詞的結構相同。該詞誕生於 20 世紀 80 年代，被用來指稱兒童非常依戀的一種柔軟玩具，尤其是絨毛玩偶。

- **Pierre n'aime pas à bien dormir sans embrasser le doudou.**
  皮耶沒抱著絨毛玩偶難入眠。

Vocabulaire / 單字

Drone
無人駕駛飛機

「Drone」一詞源自印歐語，在 11 世紀的英語中是一種擬聲詞，在 15 世紀演變為名詞，意為「雄蜂」。1945 － 1946 年間，英語國家的軍人用該字來指稱導彈。

「無人機」這一概念由來已久。早在 1918 年，法國政治家克列孟梭（Georges Clémenceau；1841 － 1929）就已提出無人機研製計畫，但「drone」一字直到 20 世紀 80 年代才在法語中傳播開來。這個名詞可跟許多修飾語搭配使用，如「drone militaire」（軍用無人機）、「drone civil」（民用無人機）、「drone de détection」（偵察無人機）、「drone observation」（探測無人機）、「drone de loisir」（娛樂無人機）等。

- **Les drones ont fait un défilé au ciel pendant la fête.**
  慶典時無人機在天邊排成縱隊。

Émoticone
表情符號，情感符號

情感符號往往出現在電子郵件和電子信息中，指的是能夠讓人聯想到人的臉部表情、用來表達心情或精神狀態的印刷文字符號組合。

法語中指稱「情感符號，表情符號」的名詞有兩種寫法，分別是「émoticône」和「émoticone」，前者為陰性名詞，後者為陽性名詞。「Émoticone」源自英語詞「emoticon」，後者由「emotion」（情緒：情感）和「icon」（圖標，圖符）這兩個名詞拼合而成。「Émoticone」一詞直到1996年才出現，而情感符號在此之前就已得到使用。20世紀80年代初，美國一位大學教師創造了首個情感符號——「:-)」，用它來表示在其學校論壇裏傳播的一些訊息的幽默性或諷刺性。這個符號被稱作「smiley」（笑容符號，微笑符號）。

在名詞「émoticone」誕生之前，法國人一直用smiley這個字指稱這些小人臉，無論它們是笑還是哭。直到今天，它還經常用來泛指所有的表情符號，對「émoticone」的地位進行挑戰。

2013年前後，「émoji」一詞誕生，被用來指稱新一代表情符號。名詞「émoji」源自日語「えもじ」（e-mo-ji），其中「e」即「繪」，意為「圖畫」，「moji」即「文字」，意為「字符」。「Émoticone」所指稱的表情符號是基於普通鍵盤上的字母符、數字符等而創造出來的，「émoji」所指稱的表情符號則是用專門的鍵盤打出來的。此外，「émoji」的數量和種類可以持續快速增加，面部表情只是其中的一小部分。

在書面交流中，借助於表情符號，人們可以快捷省力地表達自己的情感和語氣。生動活潑的圖像比冗長的文字更富表達力。法國相關機構曾建議用「frimmousse」一詞來取代「émoticone」，但法國民眾並沒有接受。

- **Ses enfants lui ont envoyé l'émoticone pour demander pardon.**
  他的孩子們傳表情符號給他請求原諒。

Vocabulaire / 單字

Euro
歐元

　　這種統一貨幣應該採用英文短語「European Currency Unit」（歐洲貨幣單位）的縮寫形式「ECU」作為自己的名稱。更何況這個名稱對法國人而言頗有深意，因為法國歷史上曾使用過名為「écu」（埃居）的錢幣。然而，時任德國總理科爾（Helmut Josef Michael Kohl）卻指出，「ECU」一詞與德語中指稱「母牛」的名詞「die Kuh」發音相似，老實說，法語發音也類似「cul」（屁股），真的不雅。1995 年，比利時世界語研究者熱爾曼・皮爾洛（Germain Pierrot）建議採用「Europe」（歐洲）一詞的詞幹「euro」作為歐洲統一貨幣的名稱。

- **L'euro a drôlement baissé à cause de la montée du dollar.**
  因為美元升值，歐元大貶。

Guillotine
斷頭台

自 13 世紀開始，歐洲國家便開始使用類似斷頭台一類的刑具。

到了 18 世紀末，法國醫生安托萬・路易（Antoine Louis）設計了法國自己的斷頭台，叫「Louisette」，但並沒有引起執政者很大的興趣。

法國大革命的非常期間，不少人在斷頭臺上身首異處。這種死刑工具，具有濃厚的恐怖色彩，令人有莫名的恐懼。

斷頭台的廣泛使用，是由另一位法國醫生約瑟夫・吉約丹（Joseph Guillotin）促成的。不要以為他是一個冷酷無情的殺手，相反地，他是一個人道主義者。他認為舊的行刑方法，將囚犯慢慢折磨至死，既不人道，也不仁道。為了減少死囚的痛苦，他大力主張用斷頭臺行刑，漸漸引起了各方面的注意。

斷頭台不是 Guillotin 所發明的，但人們仍然把它叫做「guillotin」，可能是要紀念他將這死刑工具物盡其用吧。這肯定是 Guillotin 本人所始料不及的。

慈善家的家人，因為自己的姓氏跟這可怕的刑具扯在一起，感到很不是滋味。當 Guillotin 醫生在 1814 年逝世後，他的子女就棄用「Guillotin」這個姓氏，另立門庭了。

- **Pendant la Révolution française, on envoie de nombreux criminels à la guillotine.**
  法國大革命期間，許多罪犯被送上斷頭台。

Vocabulaire / 單字

GPS
全球定位系統；導航

　　GPS 是英文短語「Global Positioning System」的縮寫形式，於 1989 年進入法語。為了便於人們理解該詞的含義，有人將其解釋為「guide par satellite」（衛星導航）。

　　歐洲人自己的衛星導航系統研製工作起步較晚：「伽利略定位系統」直到 2005 年才付諸實施，2016 年 12 月系統投入使用。

　　目前，中國也已自行研發了「北斗衛星導航系統」。

- **Je me méfie du GPS, il vaut mieux vérifier la carte avant le départ.**
  我不太相信定位系統，出發前最好先看地圖。

Horoscope
十二星座

十二星座的名稱來自拉丁文。

第一個白羊座「Aries」，是拉丁文的「公羊」。在希臘神話裏，這隻公羊長著金毛，背著 Phrixus 和 Helle 兩姊弟，逃避他們的後母的迫害。途中，Helle 不幸掉進海裏淹死了，Phrixus 則逃到安全的地方，並殺了金毛羊做祭品獻給 Zeus，於是這羊便成為天上的星座。

第二個金牛座「Taurus」，英文有幾個與牛有關的詞以「tauro-」為字首，但不常用。如：鬥牛的風俗叫「tauromachy」，用牛做祭祀叫「tauroboly」。

第三個是雙子座，「Gemini」是指希臘神話裏的 Castor 和 Polydeuces 兄弟。在一次搏鬥中，Castor 被殺，Polydeuces 不願比哥哥長壽，請求 Zeus 賜死。Zeus 被他們的手足情感動了，把他們變成天上的星座，永遠相伴。英文裏「geminate」是成雙的意思。

第四個是「Cancer」，巨蟹座。英文「cancriform、cancrine、cancroid」都是指與蟹有關的、蟹狀的。癌症叫「cancer」，就是因為癌症像蟹型形狀向周圍擴散。

第五個是「Leo」，獅子座。英文的形容詞「leonine」，即獅子似的、勇猛的。豹叫「leopard」，因為從前的人以為它是獅子和豹的雜種。

第六個是「Virgo」，處女座。拉丁文「virgo」是處女。神話裏的 Carius，從酒神那裏學會了釀酒，拿給人們喝。誰知人們喝醉了，以為

Vocabulaire / 單字

酒是毒藥，便把 Carius 殺了。他的女兒 Erigone 很傷心，自縊而死，父女倆後來都成為星座，女兒就是處女座。

第七個是「Libra」，天秤座。「Libra」是拉丁文的「天平」，英文用「lb」做重量單位磅（pound）的標記，就是來自「libra」。

第八個「Scorpio」，天蠍座。Zeus 因為 Orion 太驕傲，派蠍子刺死了他。蠍子（scorpion）上了天，成為星座。

第九個「Sagittarius」，人馬座或射手座。「Sagittarius」是「射箭者」的意思，他是一個人頭馬（centaur），在希臘神話裏原名「Chiron」。著名的「人頭馬」（Rémy Martin）洋酒商標就來源於此。

第十個「Capricorn」或「Capricornus」，山羊座或摩羯座。英文「caprine」是山羊的形容詞。有一種緊身女褲，叫「capri pants」（簡稱「capris」），是「山羊式」的意思。

第十一個「Aquarius」，水瓶座，那是盛水的瓶子。「Aqua」是水，所以水族館叫「aquarium」，水生動植物叫「aquatic」。

第十二個叫「Pisces」，雙魚座。「Pisces」是拉丁文「piscis」（魚）的複數形式。由「piscis」英文的字首「pisci-」用來表示和「魚」有關，如「pisciculture」養魚術和「piscary」漁場等。

● **Croyez-vous à l'horoscope ?**

您相信星座嗎？

Internet
網際網路

「Internet」是一個專有名詞，由英語中的前綴「inter-」（之間；相互）和名詞「net」（網；網狀物）構成。在文頓・瑟夫（Vinton Cerf）和羅伯特・卡恩（Robert Kahn）發表〈關於分組交換的網路通信協議〉（*A protocol for Packet Network Intercommunication*）一文後，「internet」一詞於 1974 年傳播開來。在美國軍方和各大學的鼎力支持下，網際網路得以持續快速地發展起來。1983 年，獨立的軍用網際網路誕生。也正是那個時候，名詞「Internet」開始正式指稱由無數個公共網路和私有網路基於共同的網路通訊協議構成的全球性網路。

網際網路的廣泛應用催生了「cyber-」這一與計算機網路相關的前綴，該前綴參與構造了許多新詞，如「cybernaute」（網蟲）、「cybercafé」（網吧）、「cyberattaque cyberdépendance」（網路依賴）、「cybercriminalité」（網路犯罪）、「cyberculture」（網路文化）、「cyberguerre」（網路戰爭，網路戰）、「cybersexe」（網路性愛；網路色情）等。

- **Après la réunion, ils se mettent immédiatement à communiquer leurs clients sur internet.**
  一開完會，他們就立刻上網聯絡顧客。

Vocabulaire / 單字

Intox
毒害，腐蝕；引他人犯錯

　　在古希臘語中，「toxon」一詞指的是一種箭，其派生詞「toxikon」則是指一種塗抹在箭頭上的毒藥。到了拉丁語中，「toxikon」便演變為「toxicum」。法語動詞「intoxiquer」由「toxicum」輾轉派生而來，意為「使中毒；毒害，腐蝕；引他人犯錯」，與之相對應的名詞「intoxication」則意為「中毒；毒害，腐蝕；引他人犯錯誤」。「Intoxication」一字所具有的「毒害，腐蝕；引他人犯錯誤」這一引申義早在 1883 年就已存在，但自 20 世紀 60 年代起才通過「intox」和「intoxe」這兩種寫法的縮略形式，之後便流傳開來。

- **On dirait que le Tik Tok est intox, en fait, ça dépend plutôt des usages.**
有人說 Tik Tok 毒害深，事實上，那要看使用者如何使用它。

IVG
墮胎，人工流產

1975 年 1 月 17 日，以時任法國衛生部長西蒙娜・偉伊（Simone Weil）夫人的姓氏命名的偉伊法（Loi Veil）生效，允許墜胎（IVG）。IVG 是個首字母縮合詞，其全稱為「Interruption Volontaire de Grossesse」。伴隨著墮胎的合法化，相關術語也發生了變化。

- **Il est encore interdit de pratiquer l'IVG dans plusieurs pays.**
  許多國家仍禁止人工流產。

Vocabulaire / 單字

Look
行為方式，穿著方式；外觀，外貌

英語「look」既可用作動詞，也可用作名詞，與法語詞「reluquer」（貪婪地斜眼看；覷覦）擁有同一個老祖宗。它最初意為「看；瞧」，後來又具有了「樣子，外觀」、「相貌，外表」等引申義。20世紀80年代初，名詞「look」及其引申義被借入法語。

- **Je n'aime pas du tout le look de ce star, c'est un m'as-tu-vu.**

  我不喜歡這個明星的外貌，他很愛炫耀。

Mandarin
朝廷大官，北京話

「Mandarin」通常解釋作「顧問」或「國務大官」。五百年前，葡萄牙殖民者先立足麻六甲（Melaka）；借用馬來語「manteri」一字造「mandarim」；其後，英國人來華，與清朝官員打交道，又借用葡文的「mandarin」而創了「mandarin」，專指衙門首領和滿清朝廷大官。

滿清朝廷官員講的是「京片子」（即北京話，也就是今天的「國語」），「Mandarin」的另一個意思，就是指這種語言。今天，「Mandarin」與「putonghua」（普通話），指的是同一樣東西，會講的不僅限於高級官員了。

- **Le mandarin n'est pas si ardu que tu en penses.**
  北京話不如你想得困難。

Vocabulaire / 單字

Marathon
馬拉松

「馬拉松」比賽起源於戰爭。

西元前 490 年,波斯帝國進攻希臘,其艦隊橫渡愛琴海,繼在雅典城不遠的馬拉松(Marathon)登陸,準備攻佔雅典。雅典形勢危急,派遣大軍與波斯人在馬拉松決一死戰。在雅典士兵奮勇作戰下,終於打敗了波斯軍。

一名叫做菲底庇德(Phidipides)的雅典青年,為了把勝利的消息迅速傳給國人,自告奮勇,咬緊牙關從馬拉松飛奔回雅典。抵達雅典城時,他已疲憊不堪,向人們說完「歡呼吧!我們勝利了……」,便倒地不起。他的事蹟,深深地感動了許多人。但發起後世馬拉松賽跑(le marathon)的是法國人,於 1908 年時在奧林匹亞(Olympie)開賽。

馬拉松長跑賽程 42.195 公里,這是雅典與馬拉松之間的距離。世界很多大城市都舉行一年一度的馬拉松賽跑,其中以波士頓馬拉松最引人矚目,因為它歷史悠久,已舉辦過 127 屆了。

到了今天,「馬拉松」又泛指持久的比賽或活動,例如「馬拉松會議」、「馬拉松審訊」等。「Marathon」的最新發展是「triathlon」,是超級馬拉松,運動員要連續參加長途游泳、賽跑和賽單車,這個專案又被稱為「鐵人三項賽」。

● **Cette réunion a été un véritable marathon.**
這個會議真是場馬拉松。

Mois
月份的講究

現代曆法從 1 月（janvier）到 8 月（août），每個月份的名稱都有特別的意思。

janvier（1 月）：名稱來源於羅馬神話，Janus 是看守門戶的雙臉神。它一張臉可送別剛過去的一年，同時，另一張臉可迎接新一年的到來。

février（2 月）：源於拉丁文「februo」。是洗清自身罪孽的月份。

mars（3 月）：紀念羅馬神話中的戰神 Mars。行軍叫做「march」，相信也與戰神 Mars 有關。

avril（4 月）：源於拉丁「aperire」，相當於英文「open」，是「the month of opening」鶯飛草長的月份。

mai（5 月）：紀念生辰女神 Maia，是生育或生長的月份。

juin（6 月）：紀念天后 Juno。

juillet（7 月）：紀念古羅馬凱撒大帝（Julius Caesar），是其繼承者馬克‧安東尼（Mark Anthony）所定。凱撒在 7 月出生。

août（8 月）：紀念羅馬帝國第一個皇帝奧古斯都（Augustus）。此月是他的幸運月，曾多次取得勝利。

古代曆法最初本以「March」為第一個月，因此「septembre、octobre、novembre、décembre」分別為第 7、8、9、10 月。

後以「janvier」為一年之始，各月份次序變了，但名字則仍沿用。

● **Il rentre à la maison une fois par mois pour voir ses parents.**
他一個月回家一次探望父母。

Vocabulaire / 單字

Migrant
移居的,遷移的;移居者,遷移者

法語中的「migrant」一族同源自拉丁語,有悠久的歷史。其中首先被借入法語的是拉丁語動詞「emigrare」(遷出,搬家,移居)和「immigrare」(遷入,搬入,進入),它們進入法語後分別演變為「émigrer」(移居國外,僑居國外;動物遷徙)和「immigrer」(入境移居,僑居)。隨後,由「émigrer」派生出「émigrant」(移居國外的移民),由「immigrer」派生出「immigrant」(移民的;移民)。

16世紀,「migration」(人口遷移;人口流動;動物遷徙)一詞出現在法語中;18世紀末,「migratoire」(遷移的,遷居的;遷徙的,迴游的)一詞被用來描述鳥類的遷徙。動詞「migrer」(遷移,遷居;遷徙,迴游)出現的時間較晚,直到20世紀30年代才被用來指稱人類的遷移行為。至於「migrant」(移居的,遷移的;移居者,遷移者),它並非由拉丁語字「migrans」演變而來,而是借自英語。

- **Il y a trop de migrants qui dirigent vers la frontière.**
  有太多移民前往邊界。

Nicotine
尼古丁

　　1558 年，一名西班牙醫生，從墨西哥帶回菸草。次年，法國駐葡萄牙大使尼古丁（Jean Nicot de Villemain）取得菸草種子，並將之獻給法國，以治療偏頭痛，王后凱薩琳‧德‧梅迪奇（Catherine de Médicis）。菸草於是傳進了法國。

- **La Nicotine pourrait provoquer le cancer du poumon.**
  尼古丁會引發肺癌。

Vocabulaire / 單字

OGM
基因改造

　　1990 年，法國人開始用 OGM（organisme génétiquement modifié）這一首字母縮合詞來指稱通過基因轉換得到改造的生物體。所謂「基因轉換」（transgenèse），就是將一個或多個新基因插入某生物體的基因組，以便賦予其一些前所未有的屬性。目前，轉基因技術在農產食品加工業得到了較多的應用，尚未應用到人身上。

● **Vous êtes pour ou contre les produits OGM ?**
　您贊成或反對基因改造產品？

Ovni

不明飛行物；無法歸類的人或事物，另類，幽浮

「Ovni」一詞可追溯至 20 世紀 60 年代末，由短語「objet volant non identifié」（不明飛行物）的首字母縮合而來，而後來又譯自英文短語「unidentified flying object」（縮寫為「UFO」）。1972 年前後，英語縮合詞「UFO」傳入法語。法國人儘管並未接受該詞，但卻以其為詞根創造出「ufologie」（不明飛行物研究，飛碟學）、「ufologue」（不明飛行物研究者，飛碟專家）等詞。後來，「ovni」一詞的意義得到了引申，它還可用來指稱無法預料的事件、不符合體裁規範的作品或出人意料擔任某職務的人。

- **Ils ont déjà présenté les débris de l'Ovni dans un musée.**

  他們已經將幽浮碎片展示在博物館。

Vocabulaire / 單字

Prolétariat
「無產階級」或「普羅」

　　「Prolétariat」指社會最低階層，漢語「普羅」一詞，即源於此。五四運動後，白話文取代文言文，也有人提倡「普羅文學」，指反映社會地位低級階層的生活和願望的文藝作品。

　　「Prolétariat」一字原意是指沒有財產的人。原來，在古羅馬時代，約西元前 6 世紀，羅馬人習慣將所有男子按財產狀況分為六等。最窮的人屬於第六等，他們身無分文，沒有錢納稅，也不夠資格當兵，更不能做官。第六等人對國家的唯一貢獻，就是生產後裔，增加人口。

　　拉丁文「proles」就是「後裔」的意思。「proletarius」就是除了後裔之外，什麼財產都沒有的人，亦即是無產者。

　　到了現代工業社會，工人階級隊伍不斷壯大，馬克思主義認為工人階級一無所有，所以稱之為叫「prolétariat」，中國一般譯做「無產階級」。至於「普羅大眾」一詞，則沒有那麼強烈的政治含意，泛指除達官貴人以外的一般社會階層人士。

● **Le prolétariat n'a rien à perdre.**
　　無產階級沒什麼好損失的。

Pacs
民事互助契約

　　「Pacs」是短語「Pacte civil de solidarité」（民事互助契約）的首字母縮合詞，指的是一部對兩個未婚成年人共同生活之條件作出規定的法國法規。「Pacs」一詞於 1998 年問世，但其所指稱的法規直到 1999 年才得以通過，其間頗多爭議。這部法規的反對者主要是天主教協會成員，他們認為該法正式承認了同性伴侶的地位，摧毀了傳統家庭。

　　如今，代動詞「se pacser」（通過民事互助契約結合）已經完美地融入法語。而在 1999 年，「pacser」一詞曾用作不及物動詞：當年 10 月 12 日，《解放報》（*Libération*）曾向多對伴侶發問：「Pourquoi voulez-vous 'pacser'？」（你們為何要簽訂民事互助契約結合在一起？）

- **Le Pacs les aide à se connaître mieux.**
  民事互助契約幫助他們彼此更認識對方。

Vocabulaire / 單字

Paparazzi
狗仔隊

1960 年，義大利電影導演費德里科・費里尼（Federico Fellini）執導的愛情片《甜蜜的生活》（*La Dolce Vita*）上映。片中人物馬切羅（Marcello Rubini）是一名記者，他身邊偶爾跟著一個名叫科廖拉諾・帕帕拉佐（Signor Paparazzo）的年輕攝影師。很快，「paparazzo」一字的複數形式「paparazzi」就風靡全球，被用來指稱那些毫不尊重名人隱私，對其進行跟蹤和偷拍的攝影記者。

- **Le paparazzi a pris pleins de photos de la famille royale.**
  狗仔隊拍了好多王室家族的照片。

People
有關名人隱私；隱私被曝光的名人

隨著法國人對於名人的崇拜，「people」這個英語詞也於 20 世紀 80 年代後期進入法語。在英語中，「people」通常意為「人民」、「人們」等，但在法語中，該詞卻並無這些含義。

雖然「people」和法語詞「peuple」均源自拉丁語詞「populus」（人民，民族），但八卦雜誌《*presse people*》或《*magazine people*》所報導的名流卻不同於普羅大眾。最初，這些名人往往是電影明星、體育明星、頭面人物等。如今，情況有所變化。但在知名度上，沒有頭銜、沒有才華、沒有背景的社交網路紅人、惹人注目的 Twitter 用戶或訪問量很大的 Youtube 用戶並不遜於社會名流。

- « *Paris Match* » a été le people le plus connu en France.

  《巴黎競刊》曾是法國最有名的名人八卦雜誌。

Vocabulaire / 單字

Portable
可攜帶的；手提的；筆記本電腦；手機

　　如今，「portable」一詞主要用來形容或指稱無線電話。而在 1278 年前後，由動詞「porter」（提，扛；支撐，支持；穿戴；攜帶）派生而來的形容詞「portable」僅具有「可提的，可扛的，可攜帶的」之意。自 15 世紀起，它又具有了「可忍受的；可容忍的」之意。18 世紀，由於受到「supportable」（可忍受的；可容忍的；還過得去的，可以接受的）和「portatif」（可攜帶的，輕便的；手提的）這兩個詞的競爭，「portable」的指稱範圍縮小，它只用來形容衣服「穿得出去的，能夠在公共場合穿著的」。1939 年，該詞獲得了新生，在英語詞「portable」的影響下，它再次用作形容詞「portatif」的同義詞。1949 年，「portable」得以名詞化，被用來指稱手提的或可攜帶的器械。隨著移動電話技術的發展，該詞在 20 世紀末具有了「手機」這一現代義。

　　法國人採用「portable」這一名稱，魁北克人使用「cellulaire」一詞，比利時人則鍾愛「GSM」（Global System for Mobile Communications，全球行動通訊系統）一詞。1993 年，英語詞「smartphone」（智慧型手機）被法語借用。

- **Il ne faut surtout pas laisser ton portable sur la table, on l'oublie facilement, tu sais.**
  尤其別把手機放桌上，你知道，那很容易忘記的。

Pub
〈俗〉廣告

　　20 世紀 6、70 年代，單音節縮略詞「pub」誕生並傳播開來，體現出廣告無與倫比的巨大能量。在 17 世紀和 18 世紀，「publicité」（公告）屬司法用語。19 世紀 2、30 年代，受工業革命的影響，該詞開始用於商業領域。在商界，讓公眾即時知曉產品至關重要。因此，由形容詞「public」（公眾的，民眾的；公開的）派生而來的名詞「publicité」正好可以派上用場。

- **Effectivement, la pub nous séduit à acheter beaucoup de choses inutiles.**
  真的，廣告吸引我們買很多無用的東西。

Vocabulaire / 單字

Rétro
仿古式；仿古的

　　「Rétro」是「rétrograde」（向後的，後退的；退步的，落後的；反向的）一詞的縮略形式，後者源自拉丁語詞「retrogradus」（向後運動的）。「Rétrograde」先是用於天文、機械等技術領域，後於法國大革命時期具有「反對進步的」之意。1973 年，「rétro」這一縮略形式開始用於時裝領域，隨後蔓延至社會和文化生活的各個領域。恢復或效仿往日傾向、時尚等的事物均可用「rétro」一字來形容。

- **J'ignore qu'il adore cette chanson rétro.**
  我不曉得他很喜歡這老掉牙的歌。

Salaire
薪水

「Honoraire」是指私人執業的醫生、律師，或其他專業人士，向客人收取的費用，一般是以小時計的酬金。

「Paye」是指付給體力勞動者的薪水，按時或按件計算，大多是週薪。

「Salaire」則是付給非體力勞動的職員的固定工資，多是月薪或年薪。

「Salaire」一字，來源於拉丁文，原解作「食鹽」。原來古羅馬時期，食鹽缺乏，一般人求之若渴，卻不易得到。

- **Les ouvriers ont demandé une augmentation de salaire depuis un mois.**
  工人們要求漲工資已經一個月了。

Vocabulaire / 單字

Sida
愛滋病

　　愛滋病的出現是 20 世紀 80 年代初引人注目的一件大事。這種傳染病的全稱是「後天免疫缺乏症候群」（Syndrome d'immuno déficience acquise），它主要通過性接觸、母體傳染和血液傳播，特點是人體的免疫力急劇下降。1981 年，首次有人在美國得到愛滋病，其英文名稱縮寫為「AIDS」（Acquired immunodeficiency syndrome）。1982 年，愛滋病的法語名稱問世，此後，書寫形式經歷了多次變化，從最初的「S.I.D.A.」演變為「SIDA、Sida、sida」，跟 cidre（蘋國酒）一點關係也沒有。

- **Le sida a demeuré longtemps une maladie incurable.**
  愛滋病曾長久都是不治之症。

SMIC
各行業最低增長工資

1970 年，以生產力的提高為參照的各行業最低增長工資（salaire minimum interprofessionnel de croissance）問世，從此，經濟增長率成為確定最低工資的標準。

Avec le SMIC, comment parvient-on à payer le loyer ?
拿最低薪資，人們如何付得起房租？

Vocabulaire / 單字

Spa
美容健身中心

「Spa」一詞通常指稱美容健身中心，它本為英語詞，源自比利時一座溫泉城市——斯帕（Spa）之名。19 世紀末，斯帕頗負盛名。後來有人牽強附會，說「spa」縮略自「sanitas per aquam」（用水來達到健康）這一拉丁語短語。

自 17 世紀起，英語中的「spa」從專有名詞轉變為普通名詞，意為「水城」。後來，美國英語中的「spa」一詞先後具有了「渦流浴」和「豪華的美容健身中心」之意。20 世紀 8、90 年代，名詞「spa」和它的這兩個意義傳入法語。

而知名品牌「Jacuzzi」浴缸配備了可在水中引起渦流的裝置，其名稱源自義大利語姓氏亞庫齊（Jacuzzi）。1956 年，為了在家中給兒子治病，坎迪多・亞庫齊（Candido Jacuzzi）發明了一個水按摩（hydromassage）系統。

- **Sa mère est rhumatisante, elle va au SPA de temps en temps.**
  她媽媽有風濕病，她常去美容健身中心洗 SPA。

Tag
（塗寫在牆上、地鐵車廂等的）標飾，塗鴉，圖飾

「Graffiti」（刻在牆壁上的題詞及圖畫；塗鴉）一詞借自義大利語，是名詞「graffito」（粗糙刻畫；雕刻的文字或圖案）的複數形式。「Graffito」派生自「grafio」，後者則源自拉丁語詞「graphium」（繪圖用的鐵筆，石筆）。

很久以前，法國人就養成了在牆壁或建築物上雕刻文字或圖案的習慣，但直到 19 世紀中葉，「graffiti」一詞才首次出現在法語中。1960 年，法國攝影大師布拉薩伊（Brassaï）的攝影集《塗鴉》（*Graffiti*）出版；1968 年五月風暴期間，政治性塗鴉和極端自由主義口號塗滿了巴黎的牆壁。此後，名詞「graffiti」得到了日益頻繁地使用。

20 世紀 70 年代，「標飾」（tag）這種與嘻哈文化相關的新型塗鴉在紐約黑人聚居區出現。在英語中，「tag」一詞頗具商業意味，多用來指稱對某一物品（如包裹、行李等）進行描述以供識別的標籤。

當塗畫標飾這種街頭藝術和說唱音樂傳入法國時，「tag」一詞也於 20 世紀 80 年代末傳入法語。

- **Tous les trains ont été tagués en une nuit.**
  所有的火車一夜之間全被塗鴉。

Vocabulaire / 單字

Thalasso
海水浴療法，海洋療法

「Thalasso」一詞縮略自名詞「thalassothérapie」（海水浴療法，海洋療法），後者由源自希臘語的前綴「thalasso-」（海）和後綴「-thérapie」（療法）構成。19 世紀末，「thalasso」一詞先後指稱海水浴的治療作用和一種利用海水進行的更為複雜的治療。20 世紀 60 年代，法國自行車賽世界冠軍路易松・博貝（Louison Bobet）在基伯龍（Quiberon）創辦了第一家氣候、治療和海水、藻類、沙子等結合在一起的康復中心。

- **En été, ils vont à Deauville pour le Thalasso.**
  夏天時他們去多維爾進行海水浴療。

Utopie
烏托邦、幻想

這裏是「烏托邦」,是「烏有之鄉」;

這裏不受侵略,這裏沒有私產,也沒有窮奢極侈的生活;

這裏的人每天只需工作六小時,農民和城市人的角色輪流更換;

收穫季節,大家合力收割;

農產品盛在各地的大糧倉裏,所有財產屬大家所有,共同享用;

這裏的人住同樣的房子,日夜不必上鎖;

這裏的政府是民主產生的;有才智的人都可以接受免費高等教育。

1516 年,英國作家托馬斯(Thomas More, 1478-1535)用拉丁文寫了《De optime reipublicae statu deque nova insula Utopia》(烏托邦)一書。書中虛構了一個與外界隔絕的「Utopia」島上的社會,曲折地反映了他對現實世界的不滿,以及對理想社會的嚮往與幻想。

然而,托馬斯的烏托邦,是不可實現的空想。「Utopia」是拉丁文,源於希臘文「ou」(無)和「topos」(地方),意思是「不存在的地方」。中文譯做「烏托邦」,非常貼切。任何不切實際的空想,可稱為「utopie」。

● **La société paisible n'est qu'une utopie.**
平和的社會僅是種空想。

Vocabulaire / 單字

Vandalisme
文物破壞

在英語裏把那些拆毀路標、打破窗戶、割爛座椅、採摘公園花木、塗污公共牆壁、損壞博物館藏品等種種類似的行為都叫做「vandalisme」。這個字與古代的汪達爾人（Vandal）有著直接的關係。

汪達爾人屬日爾曼族，羅馬帝國時期，聚居波羅的海地區，文化落後，野蠻好戰，是羅馬人眼中的落後民族。

西元 2 世紀末，汪達爾人勢力擴張至中歐一帶；而後東征西討，蹂躪了地中海沿岸的大部分地區，勢力很快到達北非。

西元 455 年，汪達爾人攻陷羅馬城，大肆燒殺搶掠，差不多把半個羅馬帝國給毀了。羅馬城內的藝術珍品，更是蕩然無存。八十年後，汪達爾人才被羅馬人打敗。

因為汪達爾人的破壞行徑招致了全人類的厭惡，後世把那些因惡意或無知而損毀藝術品的人，都稱為「vandal」。現在，「Vandalisme」泛指一切對公私財物進行破壞的行為。

- **A mon avis, le vandalisme est inadmissible.**
  我認為損壞文物不可容忍。

Végane
嚴格素食主義者，純素食主義者

純素食主義者與普通的素食主義者不同，他們拒絕食用一切源自動物的食品，對於動物持非功利主義態度。他們不穿用皮革和毛料做成的衣服，不使用曾在動物身上做過試驗的化妝品，抵制鬥牛、馬戲團、動物園……。

1959 年，「végan」一詞誕生，它源自英語詞「vegetarian」（素食者）的縮合形式「vegan」。1944 年，曾與他人共同創立純素食協會的唐納德・沃森（Donald Watson）創造了「vegan」一詞，以便將純素食主義者與僅僅不吃肉和魚的普通素食主義者區分開來。這個詞也不等同於法語詞「végétalien」（純吃素的；純素食者），因為後者限用於食物方面，即其所指對象僅食用源自植物的食品。

- **De plus en plus de jeunes sont véganes, ils n'ont plus envie de prendre de la viande.**
  越來越多年輕人是純素食主義者，他們不再想吃肉。

Vocabulaire / 單字

Verlan
將音節顛倒而構成的俚語，反字語

「Verlan」一詞本身也是通過音節顛倒而形成的，其原型是「(à) l'envers」（顛倒地）。20世紀50年代，愛開玩笑的法國小說家奧古斯特‧勒布勒東（Auguste le Breton）曾使用「verlen」一詞。20世紀70年代，「verlan」這一書寫形式出現。

在法國作曲家、歌手雷諾（Renaud Séchan）所唱歌曲《Laisse béton》（即「Laisse tomber」的意思，可譯作《算了吧》）在法國導演、編劇克洛德‧齊迪（Claude Zidi）所執導的影片《Les Ripoux》（「ripoux」即「pourris」的反字語，影片的中譯名為《皇牌雜差》）的推動下，各種各樣的音節倒置詞相繼進入日常法語。從城郊居民區到校園，再到千家萬戶，源自俚語、作為社會標記的音節倒置詞一路傳播開來。其中一些廣為人知，甚至被權威辭典收錄。

- **Les jeunes banlieusards parisiens parlent le verlan.**
  巴黎郊區年輕人講反字語。

Zapper

（用遙控器）頻繁地換電視頻道；做事三心二意，經常改變主意

　　法語動詞「zapper」誕生於 1986 年，指的是「手持遙控器頻繁地換電視頻道」這一行為。該詞由英語動詞「zap」派生而來，「zap」則源自漫畫愛好者都熟悉的一個擬聲詞「zap」。這個擬聲詞模擬的是突然消失或悄悄滑行的聲音。起初，「zap」意為「殺死，開槍射擊」，隨後又相繼具有「除掉競爭者」和「打擊」之意。再後來，「zap」還可用作不及物動詞，意為「快速移動」。20 世紀 80 年代，該詞開始用於電視領域，意為「用遙控器快速變換頻道」。

- **Patrick est dominant, il aime toujours zapper devant la télé.**
  派翠克控制慾很強，他老喜歡在電視前轉台。

Memo

EXPRESSION
慣用語

Expression / 慣用語

Achille | 阿基里斯

le talon d'Achille
阿基里斯的腳踝；唯一弱點、可乘之隙；致命傷

　　阿基里斯是希臘神話中特洛伊戰爭（La Guerre de Troie）的人物。他誕生不久後，母親從神籤中得知他將英年早逝，為保全兒子，母親把他全身浸泡在冥河（Styx）之中，希望藉河水的神奇效力，使他全身都不會受到傷害。結果，阿基里斯身體泡過的部分確實刀槍不入，然而，因為母親抓住他的腳踝浸水，全身只有腳踝處未沾到河水，而成了唯一的致命傷。

　　特洛伊戰爭爆發後，母親唯恐愛子被徵召入伍，於是把他藏在宮中祕密的地方，並讓他穿著女裝混雜在宮女之中。無奈希臘將領奧德修斯（Odysseus）識破這個計謀，對阿基里斯曉以大義，說服他加入希臘聯軍，一同進攻特洛伊城。

　　阿基里斯連戰皆捷，立下不少汗馬功勞，尤其還殺死了捍衛特洛伊城的大將赫克托爾（Hector），但他卻也因此氣焰高張，得罪了天神，埋下日後不幸的因子。有一天，當阿基里斯參加赫克托爾國葬時，對赫克托爾的妹妹特洛伊公主波呂克塞娜（Polyxena）一見鍾情，於是向國王要求娶她為妻，並表示願極力促成希臘與特洛伊城和談。

　　不久，雙方論及婚嫁時，特洛伊城三王子，也就是引起特洛伊戰爭的帕里斯（Paris），為報長兄被殺之仇，於是射出毒箭，不偏不倚正好命中了阿基里斯的腳踝，也就是他的致命傷。結果英雄一世，仍然劫數難逃，一命嗚呼。

從此,「le talon d'Achille」就被引申成「唯一的弱點」或「致命傷」。

- **La surpopulation est le talon d'Achille de ce pays.**
  人口過剩是這個國家的罩門。

> ● 相關片語：
>
> ☐ ne pas quitter quelqu'un d'une semelle
> 寸步不離
>
> ☐ marcher (être) sur les talons de quelqu'un
> 緊跟某人
>
> ☐ tourner (montrer) les talons
> 急著轉身回頭走,逃走,溜之大吉

Expression / 慣用語

Adam | 亞當

la pomme d'Adam
喉結

　　看到又紅又大的蘋果時，你是不是垂涎三尺，想痛快地咬上一口呢？但你千萬要小心，可不是所有的蘋果都能吃。比方說巫婆送給白雪公主的那顆蘋果就不能吃，大家都知道那是有毒的。可是還有一種蘋果也不能吃，你知道嗎？那就是「la pomme d'Adam」（亞當的蘋果）。

　　亞當的蘋果是指位於頸部的甲狀軟骨，在男人喉頭上較為清楚可見。了解基督教的人都知道，《舊約・創世紀》（Genesis）第二及第三章中，夏娃因受蛇引誘，唆使亞當一同偷吃禁果，上帝為示懲罰，詛咒蛇用肚子爬行，詛咒女人受分娩的痛苦並受丈夫管轄，也詛咒男人終身以勞苦餬口，所有與「原罪」有關的問題都是由此開始。有趣的是，在嚴肅的基督教義背後，卻留下一個令人發噱的軼聞。據說上帝發現亞當和夏娃偷吃禁果後，為了警惕人類的萬世子孫，於是使禁果的最後一口鯁在亞當的喉中，作為人類違背神旨的證據，這說法流傳了下來，成為茶餘飯後談笑的話題。

■ **Tiens, il a la pomme d'Adam bien visible.**
瞧，他的喉結好明顯。

● 相關片語：

☐ la prunelle de ses yeux
掌上明珠

☐ les jeux interdits
禁忌的遊戲

☐ tomber dans les pommes
昏倒（跌入蘋果中當然神智不清）

Expression / 慣用語

Assiette　│盤子

ne pas être dans son assiette
低氣壓；心情不佳

「Assiette」是一種平衡狀態，起初「ne pas être dans son assiette」意指騎士坐在馬鞍不穩當。這是什麼碗糕？其實早在 16 世紀，「assiette」指的是騎士的馬鞍，若在馬鞍上沒坐穩，自然身體失衡，感覺不自在啦。而 18 世紀後，則引申為身心失調。這和中文的「低氣壓」頗雷同。

- **Il paraît que Maurice n'était pas dans son assiette pendant le spectacle.**
  莫里斯在看表演時似乎心神不寧。

● 相關片語：

▫ mettre les pieds dans le plat
言行冒失；哪壺不熱提哪壺

▫ ne pas être dans sa peau
覺得不自在

Argent ｜錢

■ **L'argent n'a pas d'odeur.**
金錢是沒有香臭的；〈喻〉不管金錢的來源是否正當

　　維斯帕先（Vespasien）是羅馬帝國時期一位頗有作為的皇帝。此人在其他方面都是無可指摘的，但唯獨有一點讓其臣民看不慣，那就是愛財如命。為了搜刮更多的錢財，他向百姓課以重稅。由於前任皇帝尼祿（Nero）的大肆揮霍和鋪張浪費，國庫已變得空空如也，剛剛經歷戰亂的百姓也需要休養生息。

　　當時，染匠為了將布匹漂白，往往要四處搜集尿液。於是維斯帕先便設立了尿液稅。對於他這種巧立名目、橫徵暴斂的作法，其子提圖斯（Titus）實在看不下去，忍不住說了他幾句。不久，當第一批尿液稅款徵收上來時，維斯帕先便從中拿了一枚硬幣，放到提圖斯的鼻子前問他有沒有聞到臭味。當提圖斯回答說「沒有」時，維斯帕先便告訴他：「這錢可來自尿液喔！」

■ **C'est une famille de mafia. Tu sais, l'argent n'a pas d'odeur.**
這是個黑手黨家庭。你知道的，錢可沒有香臭。

Expression / 慣用語

Baiser　｜吻

le baiser de Judas
猶大的「死亡之吻」

　　有些讀者看見這個標題，可能會聯想到「愛滋病」。不過，「死亡之吻」一詞，並非源於這種令人談虎色變的現代絕症，而是來自兩千年前的耶穌之死。

　　據《聖經》記載，羅馬人要搜捕耶穌，卻不知道他的模樣。叛徒猶大接受了錢幣，與羅馬人約定，用親吻耶穌的方法，通知他們該向誰下手。夜裏，耶穌一行人來到耶路撒冷郊外的一個園林講經佈道，而猶大卻正帶領一班祭師和群眾，手持火把與刀棍來捕捉自己的老師。

　　猶大進入園中，一見到耶穌，便說：「主啊，祢好！」並走上前去吻他。來人心領神會，馬上把耶穌架走，不久，把他釘死在十字架上。

　　吻本來是愛意的表示，猶大之吻卻是最冷酷的出賣，是殺人的前奏，是背叛和忘恩負義，後世遂稱之為「死亡之吻」。

　　到了今天，凡是任何一種接觸或聯繫，會引致危險或死亡，都可說是「死亡之吻」。

Fais gaffe, c'est le baiser de Judas.
小心，那是死亡之吻。

Bas ｜（女式）長筒襪

■ le bas bleu
藍色長筒襪；淑女的長襪；女才子、女學究

15 世紀是黑暗時期（Âge ténèbre）和近代的分水嶺，當時的文藝復興是新世紀的啟蒙，這種人本思想最早出現於義大利，原因是它位於東西交通樞紐，商業鼎盛，和外界接觸頻仍。藝文界人士相聚皆以藍襪為標幟。

以前，中高階級的婦女，流行一種消磨時間的方法：她們經常互相邀請喝下午茶，幾個小時就在飲茶、閒談、打撲克、聽音樂中度過。西元 1590 年，巴黎一家讀書會引用該名，稱作「Bas-bleu」，吸引無數好學求知的女士參加；1750 年英國女作家孟泰谷（Lady Mary Montagu, 1689-1762）厭倦社交圈言不及義，成立相似的讀書會，邀請學者作家與會，討論及分享各家學習心得，這種聚會深受歡迎，頓時成了流行風潮，帶動了其他相似團體紛紛成立。其中一位名喚史汀林費（Benjamin Stillingfleet）的先生為了尊崇當初法國「Bas-bleu」做法，每次聚會都穿著藍襪，而非當時合乎社交禮儀的黑襪，他的標新立異無非想帶動流行，不讓孟泰谷專美，時人也引為笑談，調侃他所屬團體為「藍襪社」（Blue Stocking Society）。在當時的保守派眼中，孟泰谷女士的獨樹一幟以及這些詩人的不修邊幅都屬大逆不道，於是就惡意將他們的圈子貶稱為「藍襪會社」。

今天，「bas bleu」指的是那些有學識，受過高等教育的女子、女作家和女學者，不論她們是否穿藍長襪，都屬於藍襪高知階層。直到現

Expression / 慣用語

在，這句話的諷嘲味仍在，尤其是當男人面對學問及聰明才智都比自己高明的女性時，通常會酸溜溜的封她一句「女學究」，背後損一句：「可惜長得真難看」，十足阿 Q 式的精神勝利。

- **On se moquait des bas-bleus dans le salon.**
  人們嘲笑那些在沙龍的女學究。

Belle |美女

la belle et la bête
美女與野獸；美女配拙夫；龍女伴鍾馗

　　本是法國 17 世紀的童話故事，20 世紀科克多（Jean Cocteau）寫了「美女與野獸」（La Belle et la Bête）的電影腳本，是部經典之作，後來迪士尼公司又製作一部卡通電影，1991 年於紐約首映，立即打動全球觀眾的心，被認為是迪士尼出品的卡通片中，故事情節最感人肺腑的一部。故事的大意是：從前有位年輕的王子，個性自私、待人無情。在一個冬天的夜裏，有位乞丐老婦人來到王子住的城堡前面，想用她手上的一朵玫瑰花換取一夜的住宿。王子看她醜陋骯髒，立刻予以拒絕。乞丐婦人對王子說，不要被外表蒙騙，因為美麗是在內心。王子聽了，略感悔悟，但說時遲，那時快，乞丐婦人已經把王子變成一隻野獸，並且詛咒王子必須在那朵玫瑰花凋零前學會如何愛人，並被人喜愛，否則就會永遠淪為野獸。電影開始時王子已經是野獸，但他終於逐漸學會控制脾氣、關懷別人，並在玫瑰花的最後一片花瓣掉落之前破除詛咒。

　　故事中，王子在回復人形後變成一位英俊的男士，並且和女主角成為一對佳偶。在用法上，這成語因此隱含「從此過著快樂幸福的日子」的意思，雖然男人的外貌配不上女伴，但兩人相互恩愛、天長地久。

L'histoire de la belle et la bête finit toujours merveilleusement.
美女與野獸的故事往往是美好的結局。

Expression / 慣用語

Bois ｜木頭

toucher du bois
敲木頭以避邪；童言無忌

　　西方人相信木頭具有避邪的作用，這事說來話長。遠在基督誕生之前，古歐洲的塞爾特人（Celte）認為樹木裏住著善良的神明和精靈，每當村中發生怪事或戰亂，祭司就會在村裏的大樹下舉行祭祀，祈求樹神相助。基督誕生後，這個迷信可能逐漸消失，但基督最後被釘十字架而死，十字架的原木象徵著救贖的精神，因此人們仍相信木頭具有避凶的作用，只是它的力量來自基督，和最初的迷信已經有所不同。

　　其實，在基督教義上，木頭的神聖力量可能純粹在於其象徵性，但對於其他異教而言，木頭的神力卻是真實的。傳說中，西方的吸血鬼刀槍不入，唯一抵擋的方法是正面出示十字架，或以桃木樁穿刺其心。由於這類迷信的普遍，於是這句成語應運而生。在用法上，一般人相信舉頭三尺有神明，若不慎口出誑語，趕緊敲一下手邊的木頭，順便說一聲，「Je touche du bois.」。

- **Solange a eu beaucoup de chance, elle touche du bois.**
  蘇倫芝運氣真好，她祈求掃除厄運。

Boîte | 箱子

■ **mettre qn en boîte**
扯後腿

　　「Mettre qn en boîte」（扯著某人的腿）的來源有幾種說法，一種是出現於 19 世紀的蘇格蘭，他們的說法是「to draw the leg(s)」，意思是「伸出腳」絆倒正好走過身邊的人，目的可能是為了讓他跌個四腳朝天，好讓大夥取笑他、或趁機佔他便宜、搶走他的東西等等。另外，有人認為這句片語的來源和刑場上的絞刑有關，古時候英國死刑犯在行刑時，他的親人可以在旁協助用力拉著犯人的腳，目的是讓犯人快點死去，少受折磨；不過這個說法和目前的語意有很大的出入。多數人認為蘇格蘭的說法較為可信：為了不讓自己居於劣勢，所以便將別人絆倒在地，好讓大家譏笑他。這句成語傳到美國後，仍然保留這句片語的精神，但是愚弄、惡意的成分減少了，而是演變成帶有一點幽默又無傷大雅的趣味。但法文「tirer dans les jambes de qn」，倒較接近中文的「扯後腿」。

● **Son collègue a essayé de la mettre en boîte.**
他同事曾試圖扯她後腿。

Expression / 慣用語

● 相關片語：

☐ casser les pieds à qn
砸某人腳（這說法始於 19 世紀）

☐ tirer dans les jambes de qn
用卑劣手段害人

☐ casser du sucre sur le dos de qn
背後誣衊人

☐ se lever du pied gauche
情緒不佳

Bout | 末端

brûler la chandelle par les deux bouts
蠟燭兩頭燒；操勞過度；揮霍錢財

這個慣用語，是源自法國作家勒薩日（Lesage）所創的字句，原指家中有內賊，兩個僕人同時偷主人的東西，就像蠟燭兩頭燒一樣，後來則引申為過度地耗費精力、體力之意。

- **Les ouvriers du chemin de fer travaillent comme un fou, ils ont brûlé la chandelle par les deux bouts.**
  鐵路工人瘋狂工作，他們操勞過度。

● 相關片語：

☐ Le jeu n'en vaut pas la chandelle.
得不償失。

☐ voir trente-six chandelles
眼冒金星

Expression / 慣用語

Bile ｜膽汁

se faire de la bile
憂慮，煩惱，焦急不安

古人認為，宇宙源於水、土、空氣和火這四種物質，而人體內則存在著血液、黏液、黃膽汁和黑膽汁這四種液體。當時的學者們都深信，一個人的脾氣性格是由上述這四種體液中的某一種過量而導致的，比如黃膽汁導致憤怒，黑膽汁導致憂鬱。「se faire de la bile」這一短語中的「bile」指的就是黑膽汁。17 世紀的法國女作家賽維尼夫人（Mme de Sévigné）就曾寫過「Il ne faut pas que vous vous fassiez de la bile noire」這句話。

Calme-toi, il est inutile de te faire de la bile.
冷靜點，焦慮不安於事無補。

相關片語：

faire du mauvais sang
擔心

Cafard ｜蟑螂

avoir le cafard
沮喪，情緒低落，鬱卒

「Avoir le cafard」（有蟑螂）故事要從頭說起：法文中稱偽君子、愛打小報告的間諜、表裏不一者為「cafard」（蟑螂）。19 世紀末才開始轉為「某人想法灰色、悲觀」。

- **Il a le cafard après la séparation avec sa copine.**
  他和女友分手後情緒低落。

Expression / 慣用語

Canard | 鴨子

canard boiteux
跛腳鴨

「Lame duck」（跛腳鴨）一詞源於英國。

最初，「lame duck」被人們用來形容那些在股票市場輸光了的投機客，無力還債，被趕出了股市，一副垂頭喪氣的樣子，像隻跛腳的鴨子搖搖擺擺地走了出來。

約在一百年前，「lame duck」一詞傳到美國，並增加了政治含義。「lame duck government」（跛腳鴨政府）一詞，開始經常在報刊上出現。跛腳的鴨子，走起路來，當然舉步維艱，那種形態，是不難想像的。

在美國，任期即將屆滿的國會議員，在最後剩下來的一段日子，有如「西邊的太陽就要落山了」，難以大有作為，就像跛了腳的鴨子，被稱為「lame duck senator」（跛腳鴨議員）。

而美國的總統，到了第二任的最後兩年，因為不能再參選連任，唯有乾等下臺。這時，他最受各方面的掣肘。過往的風光日子沒有了，大家都把目光轉移到可能繼任人選身上。現任者則成了「lame duck president」（跛腳鴨總統）。

- **Manifestement, le président sortant est un canard boiteux.**
  顯而易見的，即將卸任的總統是隻跛腳鴨。

Chat ｜貓

avoir un chat dans la gorge
喉嚨癢

　　「Avoir un chat dans la gorge」很可能源自「matou」（公貓）和「maton」（意思原為「凝乳」）二字混淆：本是「凝乳塞住喉嚨」，結果誤寫成「貓塞喉嚨」，總之，都讓喉嚨搔癢難耐。

- **A cause du mauvais temps, j'ai un chat dans la gorge.**
  因為天氣太糟，我喉嚨好癢。

appeler un chat un chat
直言不諱、有話直說；打開天窗說亮話

　　法文的「appeler un chat un chat」直譯是「叫貓為貓」，很直接，那就是直言不諱了。

　　古希臘文學中有一句格言「無花果就是無花果，澡盆就是澡盆」，意思是有話直說，不要拐彎抹角。希臘歷史學家普魯塔克（Plutarch, ca. 46-119）撰寫《君王及將軍語錄》（Sayings of Kings and Commanders）時，曾經將這句格言收納在內。1500 年荷蘭人文學者伊芮思莫斯（D. Erasmus, ca. 1466-1536）為了撰寫《箴言錄》（Adagia）

Expression / 慣用語

而廣泛搜集古希臘和拉丁格言。他也參考了普魯塔克的著作，並對其中部份格言略做修正；此句的無花果和澡盆都被他改為鏟子，從此「to call a spade a spade」（叫鏟子鏟子）就取代了原來的說法而流傳下來。法文則將之變成「appeler un chat un chat」。

- **On n'a pas de temps à perdre, appeler un chat un chat.**

  我們別浪費時間，有話就直說吧。

  - 相關片語：

    ne pas y aller par quatre chemins
    開門見山，打開天窗說亮話

Château | 城堡

Bâtir des châteaux en Espagne
建空中樓閣；作白日夢；定不切實際的計畫

在古代摩爾人（Moors）統治西班牙時，有位法國人自吹自擂地說要把城堡帶到西班牙。但是他在西班牙遺棄一位妙齡少女才是真的。此慣用語直接引用自法語「château en Espagne」（西班牙的城堡）。

公元5世紀，維西哥特人（Visigoths）佔領了法國阿基坦（Aquitaine）地區和西班牙的大片土地，並建立了強大、悠久的維西哥特王國（Kingdom of the Visigoths）。711年，維西哥特人統治下的西班牙被撒拉遜人，即柏柏爾人（Berbers）和阿拉伯貴族佔領。對基督教和猶太教相對寬容的撒拉遜人與當地人的相處還算是融洽。

後來，逃亡的維西哥特貴族聯合山區人民在半島的北部先後創建了數個信奉天主教的王國。這些小王國進行了長達七個世紀的驅逐阿拉伯人的鬥爭，這在西班牙歷史上被稱作「收復失地運動」。在這七個世紀中，西班牙耕地荒蕪、房屋頹敗、民不聊生。

在這種情況下，法國強烈建議人民不要去西班牙度假。至於在那裏建造城堡、別墅，更是天方夜譚。

Tout ce qu'il t'a raconté n'était que le château en Espagne.
他跟你說的一切不過是空中樓閣。

Expression / 慣用語

Ciel | 天空

au septième ciel
極為喜悅、欣喜若狂

Lucky 7 嘛！上了七重天，豈不樂哉？

根據回教的信仰，天堂一共分為七層，和統治宇宙的七個星球相對應。為何是七層？因為七象徵最完美的數字。回教徒相信，每一層天堂都是用不同的金銀和寶石造成，燦爛輝煌，分別由不同的天使負責掌理，而第七層的掌理人是亞伯拉罕（Abraham），他的執掌是監督該層裏面的天使，永遠吟唱讚美主的詩歌。到了中世紀，猶太的玄學家從超自然的觀點，把這個回教的傳說和先知摩西（Moses）訓誡結合，更增添它神祕的色彩。猶太信仰同意天堂有七層，但認為最高的第七層是神的殿堂，在此居住著最聖潔的天使，以及至尊至高的上帝。猶太文學中經常提及第七層天，設想一個人身處上帝的殿堂，自然喜悅無邊。

根據科學研究，雲的形成和分類若按其高度來區別，可以分為高雲、中雲和低雲三類，其中以高雲最厚最高，雲頂距離地面可達十三公里，約合八英里，所謂的「on cloud nine」是指在第九層雲上，等於說比最高的雲層還要高，引申比喻一個人如同處在雲端之上，其快樂和幸福筆墨難以形容。不過，這句成語在美國一般是說成「on cloud seven」，為何有七和九的差別？顯然就不是科學可以解釋了。

這句話在美國的說法，令人聯想起另一句成語「au septième ciel」（在第七層天），也是比喻某人極為喜悅的意思。兩者都屬於通俗口語，較少見於文章之上。

- **Pierre a gagné un gros lot, il se trouve au septième ciel.**

  皮耶中了大獎，他欣喜若狂。

  - 相關片語：

    ☐ être aux anges
    欣喜若狂（和天使為伍，當然樂不可支）

    ☐ remuer ciel et terre
    搞得翻天覆地（中文、法文都以天、地來形容）

Expression / 慣用語

Coq ｜公雞

sauter du coq à l'âne
任意改變主題，東扯西扯

「Sauter」在此本表「與……交配」的意思。故事是一隻公雞不懷好意，冷不防跳到母驢身上示愛，突然間牠不知所措，公雞則悻悻然離去。於是法國人便將公雞這種行為視為思想缺乏連貫性的表現。

- **J'ai horreur de bavarder avec lui, car il saute constamment du coq à l'âne.**
  我很怕和他聊天，因為他總愛東扯西扯的。

Corde ｜繩子

Il tombe des cordes. = Il pleut à verse.
傾盆大雨

　　千根線，萬根線，掉到水裏看不見——法文中是用「Il tombe des cordes」（下繩子）。英文則是用「rain cats and dogs」（下貓下狗）來形容傾盆大雨。

　　過去由於都市下水道排水系統不普遍，因此往往一陣大雨滂沱過後路面就會積水成災，一些流浪的貓狗也被淹死，待水退去後，便形成滿街貓狗屍體的畫面，慘不忍睹，可見雨勢之大。部分學者認為這句話是由希臘字「catadupe」而來，「catadupe」是「瀑布」（cataract or waterfall）的意思，也就是說雨「像大瀑布一般滂沱而降」。另外也有人相信這句成語和北歐斯堪地那維亞的神話有關，他們傳說巫婆最愛變成貓的模樣在暴風雨中飛馳，而暴風雨之神奧丁（Odin）身邊都隨侍著一隻狗，當狗遇見貓時自然一陣狂吠和追逐，更加大了雨勢。

　　而「rain cats and dogs」是有典故的，典故之一是來自北歐的傳說，在人們相信世上有鬼魂、妖精、巫師的時代，貓、狗都被賦予神奇的力量，尤其是航海的人們更相信貓是暴風雨的化身，而狗一般被認為是暴風雨之神 Odin 的隨從，所以狗代表強風，因此用「rain cats and dogs」來形容風雨交加、傾盆大雨，似乎挺合理的。

　　典故之二是來自英國。17 世紀時，英國下了一場非常大的雨，淹死了許多貓啊，狗啊，這些死貓死狗順著大水在街上漂流，彷彿是隨雨水下下來的一樣，所以形容傾盆大雨就用「rain cats and dogs」。

Expression / 慣用語

法國電影《大雨大雨一直下》（La prophétie des grenouilles），原意是「青蛙的寓言」，這種兩棲動物若預言大雨，應該錯不了吧！

- **N'oubliez pas votre parapluie, il tombe des cordes.**
  別忘了您的傘，下大雨呢。

Crocodile ｜鱷魚

les larmes des crocodiles
鱷魚的眼淚；貓哭耗子假慈悲

　　古埃及的文獻中記載：「居住在沼澤地的鱷魚，一旦發現人，就會想盡辦法獵殺，然後一邊流淚，一邊把人吃下去。」這就奇怪了，鱷魚既然要吃人，為何還流淚呢？原來鱷魚吃東西時會流淚，是因為吃東西時嘴巴塞滿了食物，壓迫到上顎，而分泌出鹽液所致。鱷魚並非真的同情這些即將被牠吃掉的人，流淚只是牠吃東西時正常的生理反應罷了！

　　所以雖然鱷魚的眼淚被比喻為貓哭耗子假慈悲，「crocodile」也成了偽君子的象徵，看來也只是人類會錯意罷了。

- **Le politicien a versé les larmes des crocodiles devant le public pour qu'on oublie son escroquerie.**
  政客在公眾面前流下鱷魚的眼淚，好讓人們忘記他的詐欺行為。

Expression / 慣用語

Chou | 白菜

ménager la chèvre et le chou
兩邊都不得罪，持騎牆態度

　　一個牧人帶著一隻山羊、一隻狼和一棵白菜趕路，途中，有一條河流擋住了他們前進的道路。雖然河上有一座小木橋，但因年久失修，搖搖欲墜，而且橋面很窄。由於附近只有這一座橋，牧人只好硬著頭皮上橋了。但為了保險起見，他決定每次過橋時只攜帶一樣東西。但問題是，狼處心積慮地想吃掉羊，而羊則一心想啃白菜。如何安排才能讓它們三個都安然無恙地過河呢？

　　牧人是這樣做的：他先把羊帶到對岸，然後再返回來將狼帶過去。當他再次返回來拿白菜時，為避免狼吃掉羊，就帶著羊返了回來。然後，他放下羊，將白菜拿了過去。最後，再返回來將羊帶了過去。

- **Le petit pays est obligé de ménager la chèvre et le chou entre deux grands pays.**
  小國介於兩個大國之間，必須兩邊都不得罪。

Cornélien ｜高乃依式的

un choix cornélien
高乃依式的選擇；令人左右為難的選擇

《熙德》（Le Cid）講述的是一對青年男女曲折的愛情故事。女方的父親因故打了男方的父親一記耳光。在那個榮譽高於一切的時代，挨了這一巴掌就意味著蒙受了奇恥大辱。在經過痛苦萬分的思考後，男方決定履行替父雪恥的職責，因此殺死了女方的父親……

在《賀拉斯》（Horace）中，羅馬與其鄰國之間爆發了戰爭，六個表兄弟被迫互相廝殺。一邊是衛國職責，一邊是多年情誼，無論捨棄哪一邊，都會使人為難痛苦……

在《西拿》（Cinna）中，西拿深受國王奧古斯都（Auguste）的厚愛和器重，但其戀人艾蜜莉（Émilie）卻與奧古斯都有著不共戴天之仇。西拿陷入了無比尷尬的境地。難道要為了愛情而去殺害對自己有恩的國王嗎？！此外，還存在另一個衝突：西拿手下有一個忠心耿耿的僕人馬克西姆（Maxime），他竟然愛上了主人的心上人。是出賣自己的主人以抱得美人歸呢？還是忠於主人、捨棄意中人呢？這使他非常苦惱。

這三齣戲都是法國劇作家高乃依（Pierre Corneille）的著名劇作，都牽扯上人性的糾葛，令人左右為難。

Epouser Marie ou Sophie? C'est un choix cornélien.
娶瑪莉還是蘇菲？這是個令人左右為難的選擇。

Expression / 慣用語

Cocu | 戴綠帽的男子

avoir une veine de cocu
運氣超乎尋常的好

該短語誕生於 19 世紀，其中的「veine」意為「好運，幸運」。令人費解的是，好運怎麼會與「cocu」（戴綠帽的人）和「pendu」（絞死者）扯在一起？

在一百多年前的法國人，人們普遍認為，對於一個男人而言，有個紅杏出牆的老婆是莫大的恥辱和不幸。但上帝是公平的，他不會讓一個已戴上綠帽子的男人遭受其他的厄運。作為補償，這個男人將會在以後的日子裏不斷交上好運。

「Une veine de cocu」（戴綠帽者的好運）這種說法常常出自賭徒之口，正所謂「情場失意，賭場得意」！

在舊時代的法國人眼裏，被絞死者的屍體擁有非同尋常的魔力：屍體的脂肪能夠治癒多種疾病；骸骨可驅逐厄運……等，就連絞死他們的繩子也會帶來好運：「avoir de la corde de pendu (dans sa poche)」（口袋裏有吊繩）這一俗語即為「走運」之義。因此，被絞死者儼然成了他人的「吉祥物」！

- **J'ai une veine de cocu d'avoir trouvé un parking près de chez toi.**
  我超幸運在你家附近找到一個停車位。

Coton ｜棉花

C'est coton.
〈俗〉這很困難。

直到 19 世紀，紡織棉花不是一件輕鬆、容易的事情，原因主要有兩個：一、老闆要求紡織工人長時間地全神貫注，以免出現棉花屑影響產品質量；二、在空氣中到處飛舞的棉花屑有害健康，不僅容易引起各種塵肺病，還會對眼睛造成傷害。

- **Désolé, je n'arrive pas à finir ce projet, c'est coton.**

  抱歉，我無法及時完成計畫，太困難了。

Expression / 慣用語

Crémaillère | 掛鍋鐵鉤

pendre la crémaillère
設宴慶賀喬遷之喜

16 世紀，普通的法國人一般都是在壁爐裏煮飯。壁爐上方安裝有一個鐵鉤（crémaillère），用來懸掛（pendre）鐵鍋並調整鐵鍋跟火焰之間的距離。

當時的老百姓往往自建住房：家人、朋友和鄰居一起動手，齊心協力將房子建起來。為了感謝親友、鄰居的大力協助和慶祝喬遷新居之喜，房主在將家具等搬進新房、收拾妥當後，便會掛上鐵鉤，懸起鐵鍋，生火做飯，然後與好友、芳鄰一起進餐，以示慶祝。

- **Les Martin viennent de déménager, on va pendre la crémaillère samedi soir.**
  馬丁家族剛搬家，週六晚上要慶祝喬遷之喜。

Chagrin | 悲傷，憂鬱

■ **Se réduire comme une peau de chagrin**
逐漸縮減

16 世紀，「peau de sagrin」（驢皮，騾皮）這一詞組問世。後來，在與「sagrin」發音相似的常用字「chagrin」（悲傷，憂愁）的影響下，該詞組演變為「peau de chagrin」。

1831 年，法國作家巴爾札克（Honoré de Balzac）發表了哲理小說《驢皮記》（La Peau de Chagrin）。小說裏的驢皮具有能夠滿足欲望的魔力，但每次滿足之後驢皮就會縮小一點，持有者的壽命也隨之減少。最終，當持有者的最後一個願望得到滿足，驢皮消失之際，他也會死去。

■ **A cause de lui, la fortune de sa mère se réduit comme une peau de chagrin.**
因為他，他母親的財產逐漸縮水。

Expression / 慣用語

Chien　｜狗

Un temps de chien
狗天氣；爛天氣

「De chien」這一詞組之所以具有貶損的意味，是因為長期以來狗一直被視作骯髒、兇惡的動物，因此遭到人們鄙視。

按照《聖經》的說法，狗與魔鬼一起生活在不毛之地，會吞食人的屍體或一些不潔之物，例如被猛獸撕碎的肉塊。在《新約》中，狗與巫師、不純潔的人、殺人犯等均被視為惡者。而根據《馬太福音》（Matthew）的記載，耶穌曾說過「不要把神聖的東西扔給狗」、「將麵包從孩子手中搶過來扔給狗是不對的」。

「De chien」這一短語很可能由「chien de」（或「chienne de」）顛倒詞序而成，因為塞維尼夫人（Madame de Sévigné）、莫里哀（Molière）、伏爾泰（Voltaire）等法國作家曾經常使用「chienne de vie」（糟糕的生活）、「chien de pays」（糟糕的國家）等短語。

- **Il fait un temps de chien de sorte que je reste toute la journée à la maison.**
  天氣糟透了，因此我整天待在家裏。

Dada ｜癖好

être son dada
喜好之物；命運；品味

　　茶葉在 17 世紀傳入英國，最初只是貴族和社會名流的昂貴飲料，一般老百姓無力購買。在維多利亞女王時代，飲茶之風上行下效，文人名士也跟著培養此好，甚至為其寫詩作詞，附庸風雅。儘管如此，喝茶成為英國的「國飲」，全國上下皆熱中此道，則是第一次世界大戰之後才逐漸蔚為風氣的。對於英國人來說，某件東西「not his cup of tea」（不是他喝的茶），是對此物相當不以為然的說法，除了不喜歡外，還含有討厭憎惡的意思。

- **Ne touche pas cette statue, c'est son dada.**
  別碰這尊雕像，這是他心愛的東西。

Expression / 慣用語

Dent ｜牙齒

■ **œil pour œil, dent pour dent**
以眼還眼；以牙還牙；一報還一報

《舊約‧出埃及記》（Exodus）第二十一章二十三到二十五節中，耶和華告訴摩西，對百姓訂定的法典必須這樣：「…若有別害，就要以命償命，以眼還眼，以牙還牙，以手還手，以腳還腳，已烙還烙，以傷還傷，已打還打。」這段戒律在《申命記》（Deuteronomy）第十九章二十一節中，摩西又對以色列人重申了一次。可見舊約中的上帝強調的是公正和嚴厲，和新約中處處恩慈、彰顯大愛的神有所不同。

由於聖經的訓誡，據說中古時期如果一個人的眼睛被敵人挖出來，他可以挖出他敵人的眼睛作為報復。

■ **Ils n'oublient pas jamais le massacre ahurissant. Va, œil pour œil, dent pour dent.**
他們永遠不會忘記令人髮指的屠殺。罷了，以眼還眼，以牙還牙。

● 相關片語：

☐ être tout yeux, tout oreilles
聚精會神，全神貫注

☐ n'avoir pas les yeux dans sa poche
提高警覺

☐ garder un œil sur qn
密切注意；照料；監視

☐ garder une dent contre qn, garder à qn chien de sa chienne
對某人懷恨在心

☐ Loin des yeux, loin du cœur.
人遠情疏。

☐ Mon œil !
才怪！我不相信。

Expression / 慣用語

Déluge | 洪水

Après nous le déluge !
身後之事與我們不相干！（形容某人盡情享受當下而不考慮將來）

　　1745 年 9 月，蓬巴杜夫人（Mme de Pompadour）成為法國國王路易十五的情婦。此後直到 1764 年，她一直在宮廷中發揮著舉足輕重的作用。她鼓勵發展文學和藝術事業，支持伏爾泰（Voltaire）和百科全書派。

　　在七年戰爭期間，她曾設法讓蘇比斯元帥（Prince of Soubise）當上了法軍的司令。1757 年 11 月 5 日，普魯士國王菲特烈大帝（Frédéric le Grand roi de Prusse）率領部隊以寡勝多，在萊比錫（Leipzig）附近的羅斯巴赫村（Rossboach）打敗了蘇比斯元帥所指揮的法國軍隊。

　　人們於是嘲笑蘇比斯元帥和蓬巴杜夫人，但後者卻泰然自若。當路易十五愁容滿面、心情沈重來見蓬巴杜夫人時，她便對他說了一句流傳至今的話：「Il ne faut point s'affliger : vous tomberiez malade. Après nous le déluge !」（您不要難過，否則會生病的。我們死後，哪怕洪水滔天也與我們不相干！）

Après nous le déluge.
之後的事與我們無關。

Doigt ｜手指

■ **Mon petit doigt me l'a dit.**
我的小指告訴我。

小指是五根手指中最小的，因而也是最容易伸到耳朵裏將有關消息悄悄告訴主人的手指。

此外，小指的另一個法文名稱為「auriculaire」，該詞源自拉丁語中指稱「耳；聽覺」的單詞「auris」。由此可見「小指」與「耳」之間具密切關係！

在莫里哀的《奇想病夫》（Le Malade imaginaire）這齣劇的第二幕第八場中，阿爾公說了這樣一句話：「Voilà mon petit doigt pourtant qui gronde quelque chose. (Il met son doigt à son oreille.)」（我的小指悄悄告訴我一些事情［他把小指放到自己耳朵裏］）。

■ **Comment sais-tu qu'ils sont mariés ? Mon petit doigt me l'a dit.**
你怎麼知道他們結婚了？我的小指告訴我。

Expression / 慣用語

Epée　｜劍

■ L'épée de Damoclès
達摩克利斯之劍；危在旦夕；隨時可能發生的危險

　　達摩克利斯（Damocles）生平不詳，大約生於西元前 4 世紀，是敘瑞庫司（Syracuse）君主戴奧尼索斯（Dionysius, 430-367 B.C.）的朝臣，以善於歌功頌德、奉承阿諛出名。有次，戴奧尼索斯不堪其擾，於是擺設盛宴，邀請達摩克利斯入座，也讓他一嚐權力的箇中滋味。達摩克利斯欣然前往，但當他入席坐定，卻瞥見他頭頂上方懸掛著一把出鞘的利劍，只用一根細線高高掛著，隨時都可能掉下來。

　　戴奧尼索斯的用意在暗示大權在握的人往往危機四伏，朝不保夕，就如同達摩克利斯當時的處境一樣。這個故事真假難辨，但後來收錄在西塞羅（Cicero）的《圖斯庫盧姆談話錄》（Tusculanae Disputationes）中，羅馬詩人賀瑞斯（Quintus Horatius Flaccus）的作品中也曾轉述，成為西方文學中廣為人知的一段故事。而「l'épée de Damoclès」（達摩克利斯之劍）也因此成為危在旦夕的代名詞。

■ La semaine prochaine, ce sera l'épée de Damoclès pour Alain.
下週將是亞倫的生死關頭。

Eponge ｜海綿

Jeter l'éponge
承認失敗；認輸；死心

　　這成語起源於美國，原是拳擊運動的術語。拳擊規則各國互異，一般都必須比賽十五回合，每回合三分鐘，各回合中間休息一分鐘。選手在中間休息時都會回到己方的角落，一邊聽教練面授機宜，一邊讓助手拿浸水溼透的海綿塊淋澆在頭上，提神醒腦並降低體溫。但比賽進行當中，如果選手因傷重而無法繼續比賽、或因實力懸殊而無獲勝可能，他的教練或助手會從角落投擲海綿進場，替自己的選手認輸並要求停止比賽。

- **Il a finalement jeté l'éponge devant son villa incendié.**
  他終於在他遭焚毀的別墅前認輸了。

相關片語：

- donner la langue au chat
  放棄猜測

Expression / 慣用語

Filer　| 溜走

Filer à l'anglaise
英式開溜；不告而別；不假外出

　　同樣是歐洲國家，只是民族不同，某些觀念也會南轅北轍。在 17 世紀時，據說（當然是英國人說）在法國的社交圈活動，如果有人必須提前離開，並不一定要向主人或女主人道歉告辭，逕自離開並非不禮貌的舉動。英國人對此深不以為然，所以英語中「to take a French leave」是指「偷偷摸摸溜走」的意思。第一次大戰期間，軍方採用這種術語來形容開小差的逃兵，因為英軍一向嘲笑法國軍人沒有作戰勇氣，兩軍對陣，落跑一定是法國人。

　　有趣的是，法國人否認英國所謂的「法式」社交習俗，他們對這種不告而別，也創造出「s'en aller à l'anglaise」（英式開溜）的說法。

　　英、法兩國是「宿敵」，所以罵對方可不手軟，法文是「英式開溜」，英文則是「法式告別」。英文中的「French kiss」是表示「舌吻」，法國人聽了可不以為然；他們也不是省油的燈，反唇譏笑「保險套」叫做「capote anglaise」（英國兜帽）⋯。

- **Avant le mariage, son fiancé a filé à l'anglaise.**
  婚禮前，她的未婚夫不告而別。

116

Fontaine　｜泉水

■ **Il ne faut pas dire : Fontaine, je ne boirai pas de ton eau.**
不要把話說絕。

　　這句諺語源自法國中世紀的一則韻文故事：某酒鬼曾賭咒發誓說，他永遠都不會喝水。一天晚上，他喝了很多酒，酩酊大醉。在回家的路上，他跟跟蹌蹌、東倒西歪，走到村中泉水（fontaine）邊時，一頭栽了進去，喝了大量的水，結果溺水而亡。看到這幕慘劇，與他同行的酒徒便感慨道：「這個倒楣蛋當初就不該發誓說永不喝水……」

● **Je ne me marie jamais. Il ne faut pas dire : Fontaine, je ne boirai pas de ton eau.**
我絕對不婚。不要把話說絕了。

Expression / 慣用語

Grève ｜砂石；沙灘；粗沙

se mettre en grève
罷工

　　從前，巴黎人的生活必需品都是透過塞納河（Seine）運進來，在砂石廣場（Place de Grève）卸貨。

　　砂石廣場位於巴黎市政府前，曾是塞納河畔的一個碼頭，工人在此上貨、卸貨，有時也會群聚聊天。18 世紀時，未被受雇的工人就聚集在廣場表達不滿，後來就演變為工人坐在砂石廣場上示威、罷工。

- **Les employés de la banque se sont mis en grève en demandant l'augmentation du salaire.**
  銀行職員罷工要求加薪。

● 相關片語：

faire la grève
罷工

Grue ｜鶴

faire le pied de grue
站著久等

該俗語的形式曾經歷幾番演變：它在 16 世紀時寫作「faire (de) la grue」，在 17 世紀時寫作「faire la jambe de grue」。

順帶一提，古時很多妓女經常於夜半時分在人行道上長時間站立等待嫖客，所以自 1415 年起，「grue」一詞也開始具備「娼妓」這一引申義。

Il a fait le pied de grue pendant une heure pour attendre sa copine.
他足足站了一個鐘頭等他女友。

相關片語：

faire du trottoir
阻街

Expression / 慣用語

Gauche　| 左邊的

mettre/ avoir de l'argent à gauche
積蓄錢財

一般而言，大部分人都習慣用右手做事，因此將錢放在左邊的口袋裏就意味著掏錢不太方便。既然掏錢不便，人們取錢購物的次數也就少了，錢也就慢慢存了下來……

法國作家克洛德・迪內（Claude Duneton）卻認為，古時人們習慣於將劍佩掛在左邊，在遭遇劫匪時，「右撇子」更容易拔出劍來保護自己的財產。

- **Pour acheter un appartement à Paris, il faut mettre de l'argent à gauche.**
  想在巴黎購買公寓，必須要積蓄錢財。

Huis ｜門

à huis clos
閉門；禁止旁聽，限當事人在場；小範圍地；祕密地，偷偷地

「Huis」（門）源自中古拉丁語單詞「ustium」（門），在 17 世紀之前一直用來指稱「門」。自 17 世紀起，該詞被「porte」（門）一詞替代，從此不再單獨使用，只出現在「à huis clos」（閉門）這一短語中。

「Clos」（關閉的）是形容詞，源自動詞「clore」（關閉，封閉）的過去分詞「clos」，意為「關閉的，封閉的」。

- **Le patron a convoqué certains cadres pour une réunion à huis clos.**
  老闆通知一些中高階主管召開閉門會議。

Expression / 慣用語

Jupiter ｜朱比特；木星

se croire sorti de la cuisse de Jupiter
自命不凡，自以為是

　　朱比特（Jupiter）是羅馬神話中的眾神之王，但也是個登徒子。他假扮成凡人，勾引了美麗的賽莫勒（Semele），結果讓她懷了自己的孩子。他的妻子朱諾（Juno）得知此事怒不可遏，決心報復，於是她要朱比特現回原形，展示神性。朱比特無法拒絕，於是現出神形，一時雷電交加，將賽莫勒燒死了。朱比特雖心疼，但仍剖開賽莫勒肚子，取出胎兒，將這早產的小孩塞入自己的大腿。這小孩就是日後的酒神巴克斯（Bacchus）。「Se croire sorti de la cuisse de Jupiter」後來就延伸為「自以為是名人」的意思。

- **Comme expert comptable, il se croit sorti de la cuisse de Jupiter.**
  身為主計長，他自以為高人一等。

Liste ｜名單

la liste noire
黑名單

「La liste noire」（黑名單）一詞在以往政治戒嚴時代非常流行，大家都知道有一份這種東西，但卻沒有一個「有關單位」承認有這種東西，大家都以為這是中文固有的辭彙，其實這是外來語。黑名單一詞最早是出現在 17 世紀的英國；斯圖亞特（Stuart）王朝的查理一世（Charles I, 1600-1649），和國會常起勃谿，爆發了內戰，也導致蘇格蘭入侵干預，最後由國會領袖克倫威爾（Oliver Cromwell, 1599-1658）領軍擊退蘇格蘭，生擒查理一世，結束內戰。西元 1649 年，在克倫威爾堅持下，查理一世被法庭以叛國罪問斬，稍後克倫威爾改國體為「共和」（Common-wealth, 1649-1660），並擔任「護民官」（Lord Protector）在蘇格蘭繼位。

查理二世（Charles II, 1630-1685）念念不忘殺父（查理一世）之仇，直到 1660 年共和結束，斯圖亞特王朝復辟，開始對那些審判及執行國王死刑的人，展開報復行動，這些人被列入他所擬的黑名單，其中十三個人被處決，更多人被打入大牢終生監禁。

- **Jean n'a pas pu être promu parce qu'il est sur la liste noire.**
  約翰無法升遷，因為他在黑名單上。

Expression / 慣用語

Main　｜手

se laver les mains
洗手不幹；對⋯⋯不負責任

「Se laver les mains」（洗手不幹）語出《新約‧馬太福音》二十七章二十四節。耶穌在克西馬尼園（Gethseman；位在東耶路撒冷）被捕後，所有的祭司和猶太長老商議要將他處死，於是把耶穌押綁起來，交給羅馬總督彼拉多（Pilatius）。彼拉多想要釋放耶穌，但群眾不肯。彼拉多看民情激憤，再多說也沒有用，就拿盆水在群眾面前洗手，說「這個人的血，罪不在我，你們自己承擔吧！」

這段聖經故事非常具有象徵意義，而「se laver les mains」後來也用來解釋一個人不願涉入某事、或不願承擔責任。

「Mettre les pieds dans le plat」（把腳踩在盤子中）或「mettre les pieds dans la bouche」（把腳插在嘴裏）同樣令人作噁，真是多管閒事多吃屁。反正只是把身體器官放在不當處，就是莫名其妙嘛。

- **Le vieux marin s'est lavé les mains depuis des années.**
  這個老水手已洗手不幹多年了。

● 相關片語：

☐ mettre la main à la pâte
　= mettre (fourrer) son nez partout
　= mettre les pieds dans le plat
　言行冒失、親自動手做

Maison ｜房屋

la maison close
綠燈戶，妓院，窯子

為避免破壞善良風俗，法國妓院有個不成文規定，就是要放下窗簾，因而延用「maison close」（緊閉的房子）代表妓院。

- **Sa fille unique travaille dans une maison close.**
  他的獨生女在妓院工作。

Expression / 慣用語

Mouton | 綿羊

les moutons de Panurge
巴汝奇的羊群們；盲從者

法國文學巨匠拉伯雷（Rabelais）於 1494 年生於法國西部城鎮希農（Chinon）。他早年跟隨方濟各會修士接受教育，並於 1511 年獲得聖職。

拉伯雷也是個醫生，他能夠名垂青史，主要靠的並不是其出色的醫術，而是其著名的長篇小說《巨人傳》（La vie de Gargantua et de Pantagruel）。在該小說的第二部《龐大固埃》（Pantagruel）中，曾有這樣一個情節：作為小說主角之一的巴汝奇（Panurge）是個玩世不恭、個性開朗樂觀的人。有一次，當他在海上旅行時，與羊販子丹德諾（Dindenault）發生了口角，並遭對方辱罵。為了進行報復，巴汝奇買下對方一隻綿羊並立刻將其扔到海裏。落水綿羊發出的叫聲吸引了其他綿羊，綿羊們出於本能，紛紛效仿前者跳進海裏，結果試圖抓住最後一隻綿羊的丹德諾也被拖進了海裏。最終，羊販子丹德諾及其綿羊都被海浪吞噬而亡。

Pendant l'élection présidentielle, il ne manque pas de moutons de Panurge.
在總統選舉期間，不乏許多盲從者。

revenons à nos moutons
言歸正傳

　　1464 年，一部名為《帕特蘭律師》（Maître Pathelin）的笑鬧劇在法國上演時大獲成功。該劇講述的是一名老奸巨猾的律師欺騙一個信譽不佳的商人，而他本人卻又被一名不起眼的羊販所愚弄的故事。

　　其中有這樣一個情節：羊販騙律師說，他將把他放養的綿羊賣給後者。律師在未見到羊的情況下先付了錢，隨後便要求去看看他所買的羊群，但羊販卻巧妙地岔開了話題。忐忑不安的律師再次提出看羊的要求，羊販依舊故左右而言他。

- **Revenons à nos moutons, tu parles du coq-à-l'âne.**
  言歸正傳吧，你東扯西扯的。

Expression / 慣用語

Marron　| 栗子

Tirer les marrons du feu
火中取栗；為了他人的利益而冒險

　　法國 17 世紀著名寓言詩人拉封丹（Jean de La Fontaine）在《猴子與貓》（*Le Singe et le Chat*）中講述了這樣一個故事：一隻名叫貝特郎（Bertrand）的猴子和一隻名叫哈東（Raton）的貓有同一個主人，牠們臭味相投，經常狼狽為奸。一天，牠們看到爐火的一角煨著些栗子，於是便動了偷吃的念頭。狡詐的猴子讓貓先取栗子。等貓忍著痛、用敏捷靈巧的爪子將栗子從火堆中一顆顆取出後，卻發現栗子已被猴子吃光了……

- **Ses copains ne vont pas tirer les marrons du feu pour rien.**
  他的朋友不會為了他無償地冒險。

Normand | 諾曼第

une réponse de Normand
模棱兩可的回答

查理曼大帝（Charlemagne, 742-814）死後，北歐海盜每隔五年、十年就會渡海過來洗劫法國、義大利、俄羅斯等國。人們試圖抓獲這些海盜，但他們來無影去無蹤，一有風吹草動就溜之大吉。最後，法國國王只好將法國北部的一片土地割讓給了這些被稱作「Northmen」（即後來的 Normand）的北方人，而那片土地就是今日的諾曼第地區。

北歐海盜在他們新占有的土地上厚顏無恥地頒布自己的法令。按照他們的習俗，人們可在合同簽訂以後的二十四小時內改變主意，取消合同。由此就出現了「une réponse de Normand」（諾曼第人的回答）這種說法，人們用其表示「不確定的回答」。

Ils ont demandé l'augmentation du salaire au patron, mais tout ce qu'ils reçoivent, c'est une réponse de Normand.
他們向老闆要求加薪，但得到的是模棱兩可的回答。

Expression / 慣用語

Œdipe ｜伊底帕斯

le complexe d'Œdipe
伊底帕斯情結──戀母情結

「Le complexe d'Œdipe」（伊底帕斯情結）一詞常常被廣泛地引用在現代文學、戲劇或藝術中。根據心理學大師佛洛依德（Sigmund Freud）的詮釋，「Œdipes complex」就是「男孩在潛意識中會有傾戀愛慕母親而仇視父親的心理」，也就是「戀母情結」。它的背後可是隱藏了一段悲悽絕倫的故事喔！

伊底帕斯（Œdipes）是希臘神話裏一個慘遭命運無情擺佈的悲劇人物。他剛出生不久後，神諭就警告他的生父賴歐斯（Laius）國王：這個孩子將會親手殺死自己的親生父親，而與生母成親。賴歐斯國王聽了便命令屬下將還在襁褓中的伊底帕斯丟到荒山野嶺。命不該絕的伊底帕斯，卻被鄰國的牧羊人撿到，轉送給柯林斯（Corinth）國王領養。

長大後，伊底帕斯在無意間得知了自己將會弒父娶母的預言，恐慌驚懼下他深怕自己將連累養父母，於是離開了柯林斯，前往自己的出生地底比斯城（Thèbes）。

在往底比斯城的途中，經過山中一條窄道時，伊底帕斯與另一隊人馬因互不相讓而發生爭執，年輕氣盛、血氣方剛的伊底帕斯一怒之下，殺死了一名長者，而這位長者不是別人，正是伊底帕斯的生父賴歐斯國王。

然而，被命運之神捉弄的伊底帕斯，仍毫不知情地繼續他的旅程。

後來在該城附近的三叉路口，他遇到了一頭長期盤據在此的人面獅身獸斯芬克斯（Sphinx），凡是無法答對牠所出謎題的人，便得一死。然而聰明的伊底帕斯卻答對了，斯芬克斯眼見竟然有人能解開謎題，於是羞憤自殺。

　　底比斯城的居民早就因斯芬克斯怪獸的橫行霸道苦不堪言，剛巧國王又因在外地遭不知名人士所殺，大家就一致推舉英雄伊底帕斯為國王，並與喪夫的王后成親。此時，娶了生母為妻的伊底帕斯仍不自知。

　　婚後，勤政愛民的伊底帕斯與王后生下了二子二女，而底比斯城的城民，也對國泰民安假象之下所隱藏的逆倫罪惡渾然不知。

　　不久之後，災難開始降臨於底比斯城，全城發生了瘟疫與飢荒，束手無策之下的伊底帕斯只好再次地請教神諭。出乎他意料之外的，引起這一切天譴的罪魁禍首，就是他自己。得知真相後王后自殺身亡，而悔恨交加下的伊底帕斯則挖出自己的雙眼，痛苦萬分地離開了底比斯城，四處漂泊流浪，悲慘一生。

　　那麼，與「complexe d'Œdipe」相反的「complexe d'Electre」（戀父情結）則又是希臘羅馬神話裏另外一段動人的故事了。

　　旅法中國作家戴思杰（Dai Sijie）（即《巴爾札克與小裁縫》（*Balzac et la petite tailleuse chinoise*）作者）2004年的《狄先生的情結；釋夢人》（*Le complexe de Di*）即是在玩「le complexe d' Œdipe」的文字遊戲。

- **Selon la théorie de Freud, il existe le complexe d'Œdipe..**
  依據佛洛伊德理論，戀母情緒是存在的。

Expression / 慣用語

● 相關片語：

☐ le complexe d'Electre
戀父情結

☐ le complexe d'infériorité
自卑情節

☐ le complexe de supériorité
優越情節

☐ le narcissisme
自戀

Oignon ｜洋蔥

Occupe-toi de tes oignons.
別多管閒事。

20 世紀時，「oignon」一詞尾音節省略詞「oigne」在黑話裏表示「屁股」、「肛內」。因此，「Occupe-toi de tes oignons」的意思就是「管好你自己的屁股」。

另一種說法是，在法國中部地區，女人自主的象徵就是擁有院子一角，可種洋蔥的權力，收成時可拿到市場販售，換點零用錢，但每當婦女要干預男人時，男人就會說：「管好你的洋蔥吧！」。

● 相關片語：

☐ Ce n'est pas mes oignons.
這不干我的事。

☐ Mêlez-vous de vos affaires.
管好自己的事。

☐ Ça ne te regarde pas.
這與你無關。

☐ Ce n'est pas mon truc.
這不是我的專長，這不是我的拿手絕活。法文直譯是「這不是我的東西」。

☐ Ce n'est pas la mer à boire.
法文是「不像海水那麼難喝」，英文是「a piece of cake」（一塊蛋糕），他們都分別以味道來表示「事情很容易」。

☐ C'est coton.
這是困難的。

Expression / 慣用語

Ours ｜熊

vendre la peau de l'ours avant de l'avoir tué.
殺死熊之前先賣掉牠的皮；打如意算盤，過早地樂觀

　　在拉封丹（Jean de La Fontaine）《寓言詩》（*Fables de la Fontaine*）中有一篇名為《兩個謀熊皮的夥伴》（L'ours et les deux compagnons）的寓言：兩個夥伴因手頭拮据，決定向鄰居皮貨商預售一隻還未被打死的熊的皮以換取點錢財。在雙方談妥這樁生意後，兩個夥伴便去打獵了。誰知，他們一看到熊，嚇得魂飛魄散，更別提打死牠了。他們其中一人爬到樹上，另一個則倒在地上裝死。熊查看了一番那個裝死的夥伴，熊對他講話。裝死那個人則回答說：「Il ne faut jamais vendre la peau de l'ours qu'on ne l'ait mis par terre.」（千萬不能圖謀出售一張還沒有被打倒的熊的皮。）

- **Il ne faut pas vendre la peau de l'ours avant de l'avoir tué !**
  不能過早地樂觀！。

134

Oreille ｜耳朵

Ventre affamé n'a pas d'oreilles.
餓漢不聽勸，飢寒起盜心。

16 世紀的法國作家拉伯雷（François Rabelais）在《巨人傳》（*La vie de Gargantua et de Pantagruel*）第三卷中首次使用了這個諺語。後來，拉封丹（Jean de la Fontaine）在《老鷹與夜鶯》（*Le milan et le rossignol*）這則寓言中也使用了該諺語。

Il s'est passé plusieurs cambriolages dans le quartier, ventre affamé n'a pas d'oreilles.
這一區發生好幾起闖空門事件，飢寒起盜心呀。

Expression / 慣用語

Pandora | 潘朵拉

■ **la boîte de Pandora**
潘朵拉的盒子；充滿潛在的問題

相傳希臘神話中的普羅米修斯（Prometheus）因為從天庭盜火給人類使用，並教導人類許多知識和人文藝術，從此天機洩露，因而遭到天神宙斯（Zeus）的懲罰，普氏被綑綁在山上，任由老鷹啄食。宙斯為了另外處罰人類，所以創造了世界上第一個女人潘朵拉（Pandora），命令她下凡；宙斯並給她一個盒子，一旦結婚後便得將這個盒子獻給她所嫁的丈夫。普氏警告潘朵拉不要打開盒子。但普氏的弟弟愛比米修斯（Epimethius）不信邪，娶了潘朵拉，得到盒子後，便好奇的打開。結果藏在盒子裏面的「災難」、「罪惡」都跑出來，逃竄散布在人世間，所幸，仍然有「希望」還留在盒底。因為是潘朵拉帶來的盒子（有的神化版本記載是潘朵拉自行打開盒子），造成世上多災多難，所以這句成語的原意有點「紅顏禍水」的口氣，但日後人們則用「la boîte de Pandora」（潘朵拉的盒子）這句話來表示「充滿災難或不可預見的問題」。

● **Ne tentez pas d'ouvrir la boîte de Pandora, il ne faut pas laver le linge sale devant tout le monde.**
別試著打開潘朵拉的盒子，家醜不可外揚。

Pied ｜腳

se lever du pied gauche
心情不佳；諸事不順

西方人迷信，早上起床，左腳若先落地就會帶惡運，凡事會不順，心情就會差。

- **Zut ! Je me suis levé du pied gauche ce matin.**
  糟糕！我今早下床左腳先著地。

casser les pieds à quelqu'un
惹人厭，找人麻煩，砸某人腳

「Casser les pieds à quelqu'un」原本是表示「糾纏不清」，惹人討厭的說法則始於 19 世紀末。

還有「casser la tête à quelqu'un」（打斷某人的頭）也是同樣的意思，反正不管砸腳或砸頭，都很要人命的！中文的「如鯁在喉，如刺在背」，意境頗接近。

- **Il est pénible, il n'arrête pas de nous casser les pieds.**
  他好討厭，他不斷找我們麻煩。

Expression / 慣用語

● 相關片語：

☐ se casser la tête
  傷腦筋（自砸腦袋還不「傷腦筋」嗎？）

☐ casser du sucre sur le dos de quelqu'un
  背後誹謗；說人家壞話。法國人說「在某人背上敲碎糖」，把糖都砸了，自然沒什麼好話。

Pot ｜罐子

tourner autour du pot
拐彎抹角；旁敲側擊

　　狩獵和人類的歷史幾乎一樣古老，早在新石器時代，人類就已經知道訓練狗追蹤獵物，協助狩獵。文明發達之後，狩獵逐漸成為有錢有閒階級的活動，他們狩獵不為覓食，而是為消遣及運動。有些英國貴族外出狩獵，不但攜帶獵犬，還跟了一大群隨從，他們的任務是「打草驚蛇」，故意驚動躲在草叢中的獵物，讓牠們四處奔跑，成為主人獵殺的目標。在狩獵中，打草驚蛇含有間接、從旁協助的意思，因此「tourner autour du pot」(繞著罐子周圍走)這句成語也被用做「旁敲側擊、不直截了當」解釋。

- **Florence a l'habitude de tourner autour du pot, elle n'est pas du tout franche.**
  佛羅倫絲習慣拐彎抹角，她一點也不爽快。

Expression / 慣用語

Poule　｜雞

tuer la poule aux œufs d'or
殺雞取卵；竭澤而漁

管牠是「金雞母」或「金鵝母」，格殺勿論！哇咧！

伊索寓言中有一則故事叫《下金蛋的鵝》（La Poule aux œufs d'or），大意是說有位農夫養了一隻稀奇的白鵝，到了產卵的時節，白鵝每天都生一個金蛋，農夫既驚訝又高興。但久而久之，農夫開始不滿意每天只得到一個金蛋，為了讓自己一夕致富，便將鵝的腹部剖開，希望取出所有的金蛋。卻發現白鵝的腹內空空如也，農夫不但沒有得到全部的金蛋，反而因此斷絕了財富的來源。這故事的寓意很明顯，無非是教人不可貪心，以免因小失大。

西元 1484 年卡克斯頓（William Caxton）將這段故事譯成英文，於是出現「to kill the goose that lays the golden eggs」（直譯為「殺鵝取卵」）這句成語。顧名思義，一隻會下金蛋的鵝當然是個奇妙的財源，但倘若人謀不臧、操之過急，好好的一個聚寶盆也會被毀了。

Il est inutile de tuer la poule aux œufs d'or.
不需要殺雞取卵。

相關片語：

☐ Quand les poules auront des dents.
除非太陽打西邊出來。
法文直譯是「當母雞長牙」（Quand les pouls auront des dents），英文是「When the pig flies」（當豬長翅膀），中文則為「除非太陽打西邊出來」。說穿了，都表示不可能。

Prunelle ｜黑刺李

la prunelle de ses yeux
眼中的李子；掌上明珠；鍾愛之物

　　法文「la prunelle de ses yeux」意思是「眼中的李子」，英文「apple of the eye」意思是「眼中的蘋果」，中文則是「掌上明珠」。共同點是，李子、蘋果和珠子都圓圓的。

　　色澤鮮艷、圓潤豐腴的蘋果，看起來就令人垂涎三尺。也許正因為它吸引人的顏色和外形，幾千年前人們就以蘋果作為讚美眼睛的形容詞，像是「apple of the eye」指的是眼睛的瞳孔。眼睛是靈魂之窗，對於人的重要性不在話下，而眼睛最主要的部位是瞳孔，由此推衍，一個人或一件東西如果被形容成某人的瞳孔，自然是受人珍愛之至。法文卻是以「黑刺李」代之。

　　這句成語看似平凡，其實大有來頭。它是從希伯來文學作品中翻譯過來的，在《舊約聖經》中曾多次出現，而以《申命記》（Deuteronomy）的記載最早。申命記完成的時間早於西元前一千年，是記載以色列人離開西奈山後，經過了四十多年的流浪，最後終於準備進入神應許的迦南地。摩西追述多年來經歷的艱辛，在第三十二章十節說：「神愛護他們，照顧他們（係指以色列的子民），像愛護自己的掌上明珠。」

　　同樣的，《舊約詩篇》（Psalms）第十七章八節說：「求你保護我，像保護祢自己的眼睛，讓我躲藏在你的翅膀下，逃避惡人的襲擊。」類似的例子，在舊約中曾經出現達五次之多。1611 年完成的欽定版聖經把這些用法保留下來，才逐漸成為大家日常使用的成語。

Expression / 慣用語

- **Le bébé adorable est la prunelle des yeux de ses parents.**

  這可愛的嬰兒是他父母的心肝寶貝。

  ● 相關片語：

  ☐ travailler pour des prunes

  做白工

Prune ｜李子

pour des prunes
〈俗〉為了一點小事；白白地，無益地

　　「Pour des prunes」（關於李子）這是一條古老的短語，早在 15 世紀，就已有人開始使用了。在 17 世紀古典主義喜劇作家莫里哀（Molière）的獨幕劇《史加納雷爾》（Sganarelle）中，也曾用這樣一句話：「Si je suis affligé, ce n'est pas pour des prunes.」（如果我很痛苦，那可不是為了點兒小事。）

- **En fin de compte, nous avons tous travaillé pour des prunes.**
  我們終究做了白工。

Expression / 慣用語

Pianiste | 鋼琴師

Ne tirez pas sur le pianiste !
不要拉扯鋼琴師；〈俗，謔〉別為難好人了。

該俗語源自英國作家王爾德（Oscar Wilde）的著作《美國印象》（*Impressions of America*）。書中說，1880 年，在 Leadville 的酒吧裏豎有一塊牌子，上面寫著「Please don't shot the pianist. He is doing his best.」（請不要朝鋼琴師開槍，他正竭盡所能地彈琴）。若將這句話轉譯成法語，便是「Merci de ne pas tirer sur le pianiste. Il fait de son mieux」。

當酒吧裏發生鬥毆、子彈橫飛之際，最先受害的往往就是無辜的鋼琴師和櫃檯後面的鏡子。楚浮（François Truffaut）就拍過一部片，片名為《朝鋼琴師開槍》（*Tirer sur le pianiste*）。

- **C'est un brave gars, ne tire pas sur le pianiste.**
  他是個好人，就別為難了吧。

Sang ｜血液

le sang bleu
藍血；貴族血統；世家豪門之後

貴族的血真是藍色的嗎？

在西方，出生於貴族家庭的人，稱為「sang bleu」（藍血）。

究竟貴族的血是否特別藍，相信沒有人做過試驗加以證明；故此「sang bleu」一詞的源起，也眾說紛紜，莫衷一是，大概有三種說法：

一說是封建時代的貴族，足不出戶，長期與陽光隔絕；即便有時外出，也極力避免太陽直曬。因此，貴族們蒼白的膚色，顯得血管的顏色更藍，社會人士就稱他們為「sang bleu」。

另外又有人認為，以前歐洲「上流社會」的名門貴族，生活放蕩，他們之中蔓延著一種骯髒的性病，令他們的膚色特別蒼白，血管就明顯呈現藍色。如「blue movie」指的是「黃色電影」。

第三個講法與西班牙歷史有關。西元 711 年，北非游牧民族摩爾人（Moors）入侵西班牙，消滅當時占據伊比里斯半島的西歌德族王朝。西歌德族是古日耳曼民族一支，他們和西班牙人共同生活近三百年後亡朝，接受摩爾人的統治。摩爾人攻陷西班牙後，並未建立中央政府，而且僅控制南部地區，約七百年。這段期間西班牙人不斷反抗，直至 1492 年擊退摩爾人在半島上占領的最後一個據點後，才由伊莎貝拉一世（Isabel I la Católica）統一西班牙。

Expression / 慣用語

　　摩爾人皮膚黝黑，相形之下西班牙貴族外表較白皙，西班牙貴族自認社經地位較高，他們皮膚白，可以清楚看到血管，襯托出血液看起來像藍色，所以自稱「sangre azul」（藍血人），表示未沾染摩爾人血統。

- **Elle cherche un mari qui a le sang bleu.**
  她要物色一個出身貴族的男子當丈夫。

Trente et un ｜三十一

se mettre sur son trente et un
盛裝；打扮得體面，著華服

它的來源在法文中有幾種說法：
1. 是「trentain」（呢絨）的誤讀。而「trentain」是一種高級布料。
2. 是把牌局中贏的點數聯想在一塊。
3. 19 世紀時，法國發薪水的日子是每月最後一天。

那英文「dressed up to the nines」（穿到九）怎麼跟阿拉伯數字 9 扯上關係？啊！C'est une question（這是一個問題）。

Philippe se met sur son trente et un pour un rendez-vous.
菲立普盛裝赴約。

相關片語：

- être endimanché
  穿上節日服裝

- être tiré à quatre épingles
  穿著筆挺、講究

Expression / 慣用語

Thé | 茶

Ce n'est pas ma tasse de thé.
〈俗〉這不是我的菜。這跟我格格不入。

　　這俗語由英語中的「It's not my cup of tea」（這杯不是我的茶）直譯而來，它傳入法國的時間並不長。至於在英語中人們為何要用「cup of tea」（一杯茶；tasse de thé）來指稱某一事物、某個人或某個主題，迄今我們仍無法得知。知道的是，該俗語的英語原形的否定式首次出現於 1920 年前後，而其肯定式「He is / It's my cup of tea」卻早在 19 世紀末已問世，被用來指稱說話者喜愛的事物或人。該俗語與當下我國年輕人常說的「這不是我的菜」有異曲同工之妙。

Je n'aime pas le fromage, ce n'est pas ma tasse de thé.
我不喜歡乳酪，這不是我的菜。

Vénus ｜維納斯

Sacrifier à Vénus
做愛

　　維納斯（Vénus）是羅馬神話中愛與美的女神，若干與性愛有關的說法都跟她有關。例如，「Vénus」一詞的派生詞「vénérien」就意為「性交的」，「l'acte vénérien」（維納斯的行為）就是「性行為」，「maladies vénériennes」（維納斯病）即「性病」（在過去，「性病」也被稱作「coupe de pied de Vénus」，即「被維納斯踢了一腳」。只是，這一腳踢得真不是地方）。

　　「Sacrifier」（獻祭）一詞源自拉丁語單詞「sacrificare」（向神祇獻祭），後者則源自詞組「sacrum facere」（舉行神聖的儀式）。在17世紀，「sacrifier à」具有「faire la volonté de」（做……希望的事）這一引申義。因此，「Sacrifier à Vénus」（做維納斯想做的事）自然就是「做愛」了。

- **Les nouveaux mariés se précipitent sur les îlots pour sacrifier à Vénus.**
  新婚夫婦衝往小島做愛做的事。

Expression / 慣用語

Violon ｜小提琴

un violon d'Ingres
安格爾的小提琴；業餘愛好

安格爾（Jean-Auguste Dominique Ingres, 1780-1867）為法國知名的新古典主義畫家，他特別喜歡畫豐滿圓潤的少女，其傑作包括《大宮女》（*Grande Odalisque*）、《土耳其浴室》（*Le Bain turc*），至今均收藏於羅浮宮。除了作畫以外，他尤其喜歡拉小提琴，因此「un violon d'Ingres」便代表一項業餘的愛好。

- **Le tennis qu'elle pratique tous les jours demeure son violon d'Ingres.**
  她天天勤練的網球一直是她的愛好。

Memo

國家圖書館出版品預行編目資料

文青必追！萬用法文單字・慣用語典故精選 / 阮若缺編著
-- 初版 -- 臺北市：瑞蘭國際，2024.08
160面；17×23公分 --（繽紛外語；134）
ISBN：978-626-7473-44-3（平裝）
1.CST：法語 2.CST：詞彙 3.CST：慣用語

804.52　　　　　　　　　　　　　　113008733

繽紛外語134

文青必追！萬用法文單字・慣用語典故精選

編著｜阮若缺
責任編輯｜潘治婷、王愿琦
校對｜阮若缺、潘治婷、王愿琦

封面設計、版型設計｜劉麗雪
內文排版｜邱亭瑜

瑞蘭國際出版

董事長｜張暖彗・社長兼總編輯｜王愿琦
編輯部
副總編輯｜葉仲芸・主編｜潘治婷
設計部主任｜陳如琪
業務部
經理｜楊米琪・主任｜林湲洵・組長｜張毓庭

出版社｜瑞蘭國際有限公司・地址｜台北市大安區安和路一段104號7樓之1
電話｜(02)2700-4625・傳真｜(02)2700-4622・訂購專線｜(02)2700-4625
劃撥帳號｜19914152 瑞蘭國際有限公司
瑞蘭國際網路書城｜www.genki-japan.com.tw

法律顧問｜海灣國際法律事務所　呂錦峯律師

總經銷｜聯合發行股份有限公司・電話｜(02)2917-8022、2917-8042
傳真｜(02)2915-6275、2915-7212・印刷｜科億印刷股份有限公司
出版日期｜2024年08月初版1刷・定價｜450元・ISBN｜978-626-7473-44-3

◎ 版權所有・翻印必究
◎ 本書如有缺頁、破損、裝訂錯誤，請寄回本公司更換

PRINTED WITH SOY INK　本書採用環保大豆油墨印製

瑞蘭國際

瑞蘭國際

瑞蘭國際

瑞蘭國際